U0469176

我们终将
活在
自己的年华里

韩素因 著

中国华侨出版社

自序 | 雨季不再来

《我们终将活在自己的年华里》是我从 2006 年到今天为止 9 年来的随笔杂文。第一次想要发表的时候，出版社问我为什么一开始书名有个（来自北京），我笑而不语，这是我一开始就给她起好的名字，作品就好比是自己的孩子，自己十月怀胎生了个宝宝喊了好多年，把括弧里面内容突然删掉，感觉像是叫孩子只叫了名字却没有叫姓，心里少了一些完整。

这期间我从十八九岁到二十七八岁，我总觉得这个年纪是一个人成长的关键时期，这个年纪，没有了青春期的叛逆，但是还有年少轻狂的稚气和纯真，也开始拼命挣扎抓住梦想的影子，面对人生的无常和诱惑，开始学着必须做出一些疼痛的选择，人生之路最可悲的地方是，这是一条只能走一次的单行线，唯一可逆的是人的记忆，你可以在回忆里来回折返重复。我记录，记录美，记录忧伤，是因为害怕，害怕有一天我老了，老得已记不起年轻时候走过的路，像是人长大了，学会了说话，却忘记了表达，尝试着哭泣，却不知道感动它来自哪里。

至于写作这本集子的最初动机，是因为孤独，一个人年轻的时候，无论有多么贴心的知音，归根结底还是孤独的动物，2007年我写了一篇文章《写给我的孩子》，之后到2010年，一共写了10篇。像是王朔的《致女儿书》，这篇文章支撑起了这本集子。还有写给妈妈的《妈妈，我们还要走多久》，诗歌《未卜未来》，这几个题目的文章都是一个系列。每次看看这些文字，大脑就像放影像一样想起了那年那天那时的我，也能够想象到多年以后的我，步履蹒跚地走在同一个老地方，老态龙钟地坐在藤椅上，双手颤抖地翻开这些文字，给晚辈们讲讲那时候的那个追梦的理想主义傻瓜，倔强却也随和，执着却也言弃。

开始我的手写本子的封面上写了这样一行字：许多时候，我想到了放弃，生活并不是我想象中的那么美，但是更多的时候，我却选择了坚持，即使生活有一千个理由把我打倒，而我有一千零一个理由让自己挺住，等熬过来了，我再蓦然回首，感动的泪水已经再也不能够遏止……多年以后，也许，我真的会掩面哭泣，因为真的爱过，生命的每一个时刻都曾经那么真实过。

这本集子像是日记一样，有时间轴，像是画画的人逃不掉观察静物的宿命，写作的人也逃不掉深夜思考码字的宿命，很多的文字都是我在夜里写出来的，世间一切皆为虚幻，所谓理想和成功，其实不过是能够和自己所喜欢的一切在一起，喜欢的事物，喜欢的环境，喜欢的那群人，喜欢的职业。只要活着就要延续的思考，从更多的程度上讲，这本集子是私密的成长分享，她像是我的另一个影子，和我手牵手，同步成长。

这些手写稿，如今看来笔法稚嫩，但是却情感真挚，那时候的我正是在写作领域里爬行的阶段，在还不会直立行走的日子，我没有迎合市场，也不考究语言的调侃，只留下真实，这些文字就更显得弥足珍贵。青春不可逆，唯一永恒的是照片和文字。总要先选择一个起点开始，才能沿着一个方向朝着梦想的乌托邦匀速前进。《无恙》就像是我的那个新起点，我从这个起跑线起航，从此像个辛勤的女农夫，日出而作，日落而息，不为别的，只因梦想无悔。

这本集子手写稿40多万字，我在2008年的时候，有人想要帮我出版，也写了"集子序言"，最终我总觉得自己还年轻，十八九岁的孩子，对这个世界还没有完全看清楚，能有什么独立的审美观和价值观呢？所以最终我拒绝了出版。2009年，又有学长给我提出了一些建议，2010年我重新整理了集子（上）、（下），名字为《大漠的泪》（来自北京），2013年更名为《爱的诺言》，2015年，我又重新做了调整，书名也做了多次更名，如《野有蔓草》等，这次我对它终于满意了。整本书特别像是三毛的《雨季不再来》，当我们看《撒哈拉的故事》的时候，我们也看到了《雨季》的三毛，那是她的起点。经过9年漫长的等待和沉淀，我想我终于可以让读者和自己比较满意了。

　　人生最痛苦的事情是没有爱，没有回忆，重新整理了这本集子，只为了过往青春岁月里那些爱我的人和我爱的人，祝你们在记忆里和未来里都一切安好！

　　冰心曾经说过，爱是一切。我曾经问我生命中最想珍惜的人："你相信奇迹吗？"他说："相信啊。"我说："那你知道怎么样生命里才会充满奇迹吗？"他说："不知道啊。"我说："当你生命中有了特别想要珍惜的人，你有了感情，有了爱，思念一个人像是呼吸一样的时候，生命中就会到处布满奇迹和阳光。"

　　这本集子的名字曾定为《不勤奋的拾荒者》和《理想主义傻瓜》，出版社朋友觉得太过朴素，不利于发行。年纪轻的时候，太朴实了不好。好吧，那就再沉淀一下，等到陈丹青那个年纪，再用简单的三个字《退步集》，或是杨绛的《我们仨》吧。出版过程中，需要感谢的人特别多，谢谢大家的建议，最终书名定为《我们终将活在自己的年华里》。青春年华像是一个记忆的琥珀，我们的一生定格在了琥珀里。

"野有蔓草，零露漙兮。有美一人，清扬婉兮。"人不期而遇，情不期而至。今日有缘喜遇，但愿一路同行。

韩素因 MINNA

目录 contents

PART 1
走走停停·漂来漂去的日子

向往希腊	003
我的理想爱情	005
说给自己听	008
差距到底在哪里	010
一知己一爱人一辈子	012
必经之路	014
悲伤玫瑰深处开	016
我们说好的	018
与你为邻	020

活在自己的年华里
我们终将

今夜北京无人入睡	022
我们的未来	024
梦里有个乌托邦	026
许一世的温柔	028
时光深处 半路青春	030
性感的日子	032
致生命中的你——我未来的丈夫	034
终于安家——致自己	036
沿着一个方向匀速前进的人	038
写作原来是一个梦	041
时间的玫瑰	045

目录
contents

PART 2
实现诺言的日子

寻找爱的诺言	053
周末在燕园	057
害怕	060
勇气	062
珍贵的细节	064
我的坦然	066
头痛	068
跑步	070
703 分	072

活在自己的年华里
我们终将

腿痛和早起	074
忘了吃早饭	076
化妆	078
伤仲永	080
梦想	082
为什么啊和一百三十一个因为	084
致吾亲吾爱	098
致我的好朋友底阳生日	101
静观花自放 笑看云卷舒——致生命中不可或缺的朋友青年雕塑家韩迓图先生	103

目录
contents

PART 3
奔三·在路上

二十自省	107
奔三不谈永恒——奔三白皮书	112
生活艺术化	117
我心深处——致我的恩师李建立君	119
我与朱毅	124
繁华，生活的背景	128
与年轻宣言有关的碎片	131
你的眼神	135
寂寞与年华有染	137
挂在嘴角的爱有多深	141

活在自己的年华里
我们终将

PART 4
不勤奋的拾荒者

因为有你（写给父亲）　　　　　147

写给方舒同　　　　　　　　　　152

写给 Camel　　　　　　　　　　164

年轻人在选择职业时的考虑　　　178

冥冥之中有种牵动　　　　　　　181

当忙碌成为一种习惯　　　　　　184

当爱走得静悄悄——孤独狂想曲　189

红色五角星——曾经的祝福　　　192

目录 contents

PART 5
理想主义傻瓜

我的 2008	197
青春的召唤	202
从紫金庄园到畅春新园	205

PART 6
北京·夜未眠

难眠的一夜	209
期待	212

活在自己的年华里
我们终将

失眠	215
今天不流泪	218
约定	222
拯救	227
错位	230
摘自青春19的日记《只有岁月才能读懂》	232

后记
帘卷西风：爱是宿命　　237

PART 1

走走停停

漂来漂去的日子

北京顺义罗马湖是一个让我沉淀下来开始朝着梦想滑行的老地方，一年了，每次再回到那个美院附近的罗各庄，都会想起那段青春不羁的日子，一年前自己曾经在那个临街向阳有落地窗的工作室里挑灯码字，夜最深的时候，村子里传来了狗吠的声音，带给了我创作的信息，那年我在罗马湖尘埃落定，满身风雨我从海上来，才隐居在这沙漠里。

　　2013年，是我青春的又一个转折点，我从电台辞职，我们从顺义美院搬家到了燕郊，2014年夏，短短一年，我又从燕郊回到北京。感觉自己的青春像是那湖里的浮萍，漂来漂去的，看不到岸。

向往希腊

有些鸟儿是不能关在笼子里的,它们的宿命是飞翔。

我对希腊的憧憬是在 2004 年看了苏有朋、蔡琳演的偶像剧《情定爱琴海》,加深憧憬是在大学读了杨澜的自传《凭海临风》,杨澜在希腊爱琴海凭海临风的封面,让我对那个纯净的国度有着太多期许,2008 年我在未名湖畔的二教,写过一篇同样的文章,可惜原稿找不到了,如今整理我的第一本美文集《无恙》,我打算重新写一篇。

希腊,我还没有去过。2014 年冬,有起程打算,最终因为写剧本的事儿被迫耽搁。我几乎做好了一切旅行准备:签证、护照、语言、拍照……我曾在圈里扬言,35 岁以后,要移民到希腊爱琴海。

我喜欢希腊与它的气质有关:纯粹、洁净、和谐。曾经我以为西藏是人间天堂,后来,遇到了希腊,我感觉这才是我真正的"情人"。

单是那纯净的海水和天空，就足以让人沉醉其中。若是再在这里能和最爱的人结婚、生子、写作、老去，那简直就是天赐。这是浪漫的巴黎和布拉格所不能比拟的。希腊是如此的与众不同。

对希腊的热爱还有建筑和鲜花。希腊的建筑让我想起了我们山东的青岛，这个号称是"东方小瑞士"的美丽城市，萧红、梁启超等都在青岛有故居，因为青岛太美了。所有建筑都是那么漂亮，红瓦白墙，衬着一尘不染的天蓝海水，这一定是一个养老的好去处。希腊不同，独特的地中海建筑，完美、和谐、崇高，是的，希腊就是这样一个完美的情人。

希腊人几乎每家门口都有三角梅，像是中国的爬山虎，花朵一大簇一大簇的，每家都好像是住在花园里，生活在仙境中。

我向往希腊，还因为那个关于爱琴海的爱情故事，相爱却不能相守。当竖琴师将一生收集的露水全部倒出，由泉变溪，由溪成河，由河聚海，从此，希腊就有了一片清澈的"爱情海"，那是年轻国王对她爱的回应。

我向往希腊，还因为那里有很多传说中的橄榄树。

我向往希腊，因为它满足了我太多的期许。

我的理想爱情

多年前，席慕蓉曾经在《无怨的青春》中说过，如果你年轻的时候喜欢一个人，一定要温柔地对待她。28岁，很多身边人一帆风顺地结婚有了家庭，我并不羡慕。也有一些土豪姐可以挥金如土，我也不羡慕。那都不是我想要的。一本书，一粒种子，一个一生期许的男人。如果世界末日到来，我只选择带这三样东西离开。2012年，世界末日没有到来，我也依然没有等来我理想的爱情。

毕业几年，眨眼到了现在。有的人足迹已遍布好多个国家，有的人的孩子已经会跑，有的人嫁了又帅气又爱她的人，有的人刚刚毕业……只有我，一个人折腾着，孤独着，等着。三年来，与我最近的人原来一直最远，生命中唯一深爱的男孩也已经结了婚。

有人说，每个喜欢向日葵的人心中都有一个太阳。如果不经历生活的低谷，你就读不懂生命的慈悲。Waiting ,waiting for ever .

等待也是一种积累，人生很多事情需要时间，很多差距也不是换身衣服那么简单。每个能拿到心爱玩具的男孩都付出了很多辛酸。能做的时候，就去努力吧，别让人生留下遗憾。

爱情对我来说是奢侈品，也是必需品，此生奋斗，别无所求。像是荆棘鸟，一生飞翔，只为了一根能刺向身体的长刺。

如果很爱很爱，那一定是非常非常值得，人生就算是寂寞如雪，但心有所属时，世界就不荒芜。也因为心有所属而生命变得永远年轻。

理想的爱情，他和我都在各自领域里小有成就，做着自己喜欢并且擅长的职业，可以谋生，有个圈子，经常可以一起旅行，居家也很放松，有聊不完的话题，灵魂可以沟通，相互吸引，一起散步看夕阳，一起做很多可口的饭菜，有一堆漂亮的孩子，彼此都有一个健康美丽的身体，年轻时候就开始攒些钱，去过一些地方，一些国家。

从心动到古稀，一生相处如初见，从不红脸，从不生气，享受平凡简单的生活点滴。

《蓝色生死恋》中，多年以后，恩熙对俊熙说，这些年，你不在我身边，我告诉自己要坚强，好好地爱自己，只是为了下次再见到你的时候，不让你那么地失望。

维吉尼亚·萨提亚曾经在《如果你爱我》中讲道，爱的法则是：如果你不爱你自己，那么你便无法来爱我。这是爱的法则。因为你不可能给出你没有的东西。你的爱只能经由你而流向我，若你是干涸的，我便不能被你滋养，宣传自我牺牲是伟大的，那是一个古老的谎言。生命的本质是生生不息地流动。生命如此，爱情亦如此。

  我的理想的爱情有爱有性，爱是杯满则溢，每个人付出的都是本来拥有而不是透支而来的东西。

  拼命工作，努力爱，这是有些人活着的宿命。

  爱是恒久忍耐又有恩慈，不忌妒，不自夸，不做害羞之事。凡事包容，凡事盼望，凡事相信，凡事忍耐，永不止息。

  这就28岁的我理想中的完美爱情。

我们终将
活在自己的年华里

说给自己听

如果有来生

要做一棵树

站成永恒

没有悲欢的姿势

一半在土里安详

一半在风里飞扬

一半洒落阴凉

一半沐浴阳光

非常沉默非常骄傲

从不依靠从不寻找

(三毛《写给自己》)

PART 1
走走停停·漂来漂去的日子

多年以来，我一直期待像三毛和荷西一样的爱情，然而终究知道这是可遇而不可求的事情。每个人都有自己的人生和爱情，有些时候，错过就是错过了，我们只能勇敢地往前走。如果现在的结果我们不能满意，那么这一定还不是最后的结局。如果现在放不下，说明失去的还不够多。爱情，是一件美好而神圣的事情，如果一方已经松手，另一方就已经没有坚持的理由了。

差距到底在哪里

最近这些日子，工作很累，几乎没有自己的时间来安排我的业余生活，我充分体味到做金钱奴隶的感觉。既然拿了别人的钱，就要给别人把活儿做好，这是我所理解的一个社会公民的基本职业素养。大学时代，我读过杨澜写的《凭海临风》和《差距在哪里》。当比较的时候，才能找到差距。与王室贵族比较，我们发现除了出身，我们真正的差距是自己不够努力，对自己的要求不够苛刻，说得残酷一些，就是自己对自己太过宽容。

有些时候，特别想找上帝来谈谈，我们的人生到底是上帝决定还是自己决定，到底谁才是真正的主人翁？我们又凭什么得到别人的尊重？如果自己不够"重"，那么凭什么得到别人的尊重？我们这一生到底为什么而活着？我所理解的幸福是可以和自己喜欢的一切人和事物在一起。

作为一个女人,到底有没有必要吃苦?吃苦可以,但是一定要值得。

如果现在的结果还不够完美,这一定是自己的努力还不够。自己的人生和幸福应该由自己决定。这就是我所理解的人生。人与人的差距,应该在追求和梦想,但是更应该在执行力上。到底你为了梦想有多努力,到底有多想,有多爱,有多想要。这将直接决定了我们的结局。

一个剧作家天职就是创作剧本,一个作家天职就是写作文学。

如果结局不够理想,只能说明不够爱,不够努力。

一知己一爱人一辈子

今天听到了他来自西藏的声音,我那一刻确定了无怨无悔地跟随,择一人白头,择一城终老,我的爱情也许注定了会像三毛一样吃一些苦,但是我觉得值。虽然社会上太多的标签让我们对自己的内心和社会的身份挣扎不已,但是我还是觉得我对你的思念足以支撑起这些硬件,每当思念你一次天上飘落一粒沙,从此形成了撒哈拉。我想和你去太多的地方,好的东西都不太容易得到。努力工作,拼命爱,就是为了这辈子就可以拥有你。

一生,如果不能圆满,高贵的出身,有爱的家庭,体面的圈子,拆不散的朋友,那么我只要一份可以让自己耕耘的事业,在里面小有成就,一个真正因为价值观和审美观而走在一起的知己,还有就是一个一辈子不会红脸的爱人。愿意为了他,无怨无悔,忍受年轻时候的一个又一个日日夜夜，因为他的微笑和体温足以支撑他不在身边的每一个寒冷的夜，彼此知道希望在哪里和为什么而坚持。

美美地享受生活，接受命运给自己安排的所有一切，用心享受甜蜜的每一个瞬间。爱上一个人一个爱好一个朋友，就是我们说好的——一辈子。做最真实的上帝安排的那个自己，不为什么人什么事情而改变最本色的自己。这一刻，我觉得自己很幸福，吃苦是为了体味幸福的，像有人所说的"不遗憾无法体味幸福。"等，我会继续等下去，等待时间，等待绽放，等待希望，等待成长，等待幸福，等待未来。

必经之路

四年，读了一个大学。四年，谈了一个空白了四年的不是恋爱的恋爱。眨眼到了 28 岁，开始新生活。重逢让我懂得了错过和珍惜。只要他心里有我，我就不觉得自己失恋过。四年来，我一直还在寻觅同样的味道，终究没有找到，因为有些味道只能一个人给。我说，这是宿命，我注定孤独。只能拥有事业，因为事业只要努力就能有回报，而感情不同。他说，我才多大，为什么要相信宿命。

是啊。人生路那么长，我们为什么要认命呢？曾经我很强势，因为我可以掌控很多事情，现在我经常自卑，因为自己谁都不是。好友小 A 说，谁都不是生下来什么都是的，都是从不是走到是。我们今天得不到应该有的圈子里的尊重，往往是因为我们还不够"重"。

我跟他说，我如果要重新遇见回到起点的他，也许要奋斗 10 年。

现在的我们都已经不再是刚毕业的时候，在这个年纪我们需要太多社会标签的东西。你是谁的女人，谁的男人，是哪个圈子里的谁，是谁的谁决定了你应该属于谁。

四年了，我再次与你重逢，我们相信老天自有天意，我没有想过要再次见到你，因为你放弃过我，如今我觉得爱人是不能够让的，每个人都有争取幸福的权利，我只是晚一些遇到你。《大话西游》里紫霞仙子和至尊宝的爱情让我哭泣了多次，你说的画家毛焰和"我们说好的"，还有"肩周炎"，我知道你一直在关注我。不选择伤害任何人，但是我要保留爱一个人的权利，我只能等。今生没有希望，修来生。

悲伤玫瑰深处开

因为爱，所以不能忘记。

因为理想，所以不能放弃。

花的等待，也许不会开花结果，失去过痛苦过，才会珍惜懂得。就算是你我命运捉弄，也无法改变我对未来的执着。我的思念汇成一条无法穿越的河。

深夜我从卧室来到客厅，恍惚间记得那年我听林忆莲的《听说爱情回来过》是在毕业的时候，我去马泉营找他，盛夏深夜，老大爷在马路边上听广播，我看到了一个东北餐馆，一群东北人在喝着啤酒吃烧烤，还有就是一个没有人的画室，第二天我离开了北京，我想要一个人离开一段时间，去消化遗忘一个人的痛苦。时间是1年。

1年后我返京，但是并没有痊愈，不会说话不会笑不会哭，半年后我告诉自己必须要振作起来。之后就这样将就自己，自欺欺人地过了3年。我始终相信缘分天注定，不可不信缘。有时候有些事情冥冥之中上帝已经做了最周密的安排。

最近这段时间思绪很乱，面对人生的十字路口，电影的剧本、图书的新选题，还有就是这唯一的一次爱情，深夜的时候总是不能入眠。

打开紫色的绸缎窗帘，夜已经很深，天空中总是有飞机的轰鸣声，同一个时刻很多忙碌的人还在路上。

再见了，生命中最寒冷的日子。明天，太阳照常升起。

没有人能预知未来。爱情如果不能圆满，只能说明两人爱得还不够深。

我们说好的

最近两天，肩周炎犯了，压迫着颈椎，疼痛得不能工作。只得去小区的健身区开始锻炼身体，居家瑜伽已经不能满足我的高强压工作。我对自己有承诺。太想要去节约时间，像是指间沙，越想要去抓住一些时间，反而所剩无几了。

越来越平静了，想要去做的事情，还需要一点点时间，需要一点点的运气，有时候需要等，等一些合适的机遇，遇到对的人。不太想说很多话，就唯有码字和看书可以让自己感觉快乐。

我们说好的，要珍惜生命里的每一天，要努力有所成就，要好好处理好每一天的事情，要努力去创造财富，要不后悔今生今世的相遇，有时候悲悯得不行，想要成为一片落叶，可以被秋风吹落到满世界飘零，脱离树干，脱离大地。

越来越爱吃对身体好的食物，越来越关注细节，有时候在厨房，一个西红柿也要做个很好看的花样来，有时候看到一个小孩子也想冲她笑一笑，有时候就感觉生命挺好，有时候又觉得自己就快要被埋没掉，就为了一些社会的标签而必须要学会成长。身边的有些人要学着去包容，并不是所有人都会让自己舒服，也不是自己期许的人就可以不会让自己失望。只是去适应和接受并不断选择罢了。

黎明的早晨，我们说好的，你手里捧着奖状，在成功的路口等我。人生需要努力进步和拼搏，我们说好的，要一起走。

与你为邻

我像是树懒一样赖在你的身上,看着你那每一颗都很清晰的牙齿,如果真的有来生,我愿意成为你的一片唇,你睡觉吃饭呼吸间就可以吻你,我愿意成为你胸口的一寸肌肤,你心疼心动的时候,最先触摸到的是我的身体。

这几天我去小区的健身区跑步,好久不运动,脚掌疼了一天,我抬头仰望青天,高高的楼房和群青色的蓝天,你在吗?我曾说内啡肽可以让颈椎不那么疼痛,你唇瓣吻过的地方,就可以有情饮水饱。

真正的相配,是男人深刻又长远,女人温婉又柔软。多年以前我就说过,男人是力量的象征,女人是美的象征。爱是一种美,一种力量。

你没有说话,总是沉默,但是我能感受到你的吻,你想说的都在里面。有些事情是不能将就的，像是婚姻。没有爱的通行证，不能过。遇见你，才能拿到这个爱的号码牌。

最近好几件事情让我苦恼，一个是新的稿件《梦里有个乌托邦》答应李老师要月底把提纲递交上去，可是为了生计我还接了另一个工作，想把两件事情都做好，就像是一个人又要文艺又要商业一样纠结，想买辆车，这样做个项目就不用再那么纠结地等车，一等就是半天时间没有了。

女人，绝世独立才能自由任性。能够为自己的决定埋单，可以承担一切失败决定的后果。一切风轻云淡，可以决定与自己爱的人一起和宿命抗争。拒绝一切自己并不喜欢的事情和人。

看了一下最近的日记，因为忙碌，越来越简洁，就剩下几个字：想你了。想吻你了。等你。

心里装着一个人是累的，也是开心的。累的时候，就想倚门贴柱地静坐，开心的是不再孤单，你不在，也像是你就在我身边一样，你的笑容就在我心里，想到这些是幸福的。

不知道结局，老天没有给我安排更好的选择，只能等下去。先改变自己，给未来的爱人一个优质完美的自己。

好好做人，努力吃饭，尽力快乐，每天微笑，美容安静。只是为了能够等到我想要的那一天，只是为了可以永远与你为邻。像是燕园里的那两棵银杏树一样，与你为邻。

今夜北京无人入睡

去年顺义罗各庄罗马湖畔我曾经写了一篇文章《时间的玫瑰》,时间的玫瑰在等待中绽放。我对时间有耐心,身体这些年被我凿得已经不像个样,才二十多岁的年纪,像个中年人,这与誓言要美的我不相称,就这么自欺欺人地过了许多年。这些天得幸终结了一段恶魔一样的缘分,也重逢了 4 年前我最想珍惜的人,虽然不能在一起但是我依然欣慰,能够重逢这仁慈就已经足够。

新的作品《梦里有个乌托邦》一直拖着,11 月底要完成。小 K 的传记《我从深海走来》是我最想写的。这一定是一部最美的传记。从内到外,从故事里的人到写传记的人,都散发着这种迷人的味道。

也想下个月去学个驾照,可以有想法就出发。年后买个代步工具,4 年前毕业的时候,就对妈妈说,要半年买辆车,结果净做了些不靠谱的事儿，4年晃眼间，我脚踩西瓜皮，滑到了现在。最想珍惜的男孩结了婚。工作事业一直飘啊摇啊的。都过去了。我太了解我自己，决定的事儿，就没有后悔过，也一直太有主见，一条路自己选择的跪着走也要走完。

这些天因为心里有了寄托，所以觉得幸福，开始注重养生和健身，我一旦决定的事情，总是苛刻地比别人做得更深刻。许多人或许都有这个毛病，放弃不做或者做得比别人好。

多年过去了，虽然错过了一些人一些机遇，也走了很多弯路，但是我一路走来遇到了不少好人和欣赏我的朋友。感谢你们的陪伴和包容。还有我最爱的妈妈、姨妈。

我一直坚信，有些人注定小有成就。什么样的人就会有什么样的作品，什么样的人生，什么样的飞翔。

我们的未来

吾亲吾爱：

　　我一直未曾说出我心底的愿望。我想我们应该有个房子，它最好是栋别墅，旁边就是一个湖，我们有两辆车，其中一辆要是那种小巧的甲壳虫，颜色一定很鲜艳，是橘红或者草绿。可以有份事业耕耘，也要有足够的自由一起陪伴。

　　房子不需要在繁华的市区，但是一定与京城为邻。家里有你的味道，有一个大大的四面是书柜的书房，还有一个花房，一个我做手工裁缝的工作室。阳台上满满的花，还有你和我一起晒太阳的摇椅。

　　梦还是要做的，因为一定会实现。每天这样辛勤，就是因为还有这个梦想要成真。

　　女人都想要为心爱的男人生孩子，并且要多，因为一辈子相爱根本不够，孩子是我们爱的延续。爱的里面一定有慈悲，世俗的东西并不能将这种感觉湮没，因为慈悲所以平静，你若安好，就是晴天。我一直认为，真正深刻的东西都凝固在平淡和沉默中。

我会用很多的文字记录下我们的故事，也会讲给我们的孩子听，当年我们俩就是这么执着、这么傻、这么平静地去跟时间抗争，没有被时间遗忘的事，只有被岁月搁浅的人，我们的时光里只能陪伴，只能。

想，想拥有未来的渴望伴随着每天苏醒的灵魂。努力，努力至少可以改变现状，努力不一定成功，但是放弃注定会失败。

如果生命不能继续，生活的遥控器被按暂停，我祈祷是在有你的未来。

梦里有个乌托邦

夜已深，9月，27岁，这是一个让我兴奋又难挨的时节。每个人的生命中都有那么一段岁月，生活清贫，清贫得神清气爽，事业低迷，希望就在不远的地方，孤独但有希望。就是在年轻的时候，喜欢打着"寻求自我"的旗号不断折腾，不甘于平淡的那些理想主义者。

我的第一本图书《我的生命里你不曾远离》终于出版，这本是我不打算拿出手的作品，我相信时间能打磨深刻的作品，像是认识一个人，像是谈一段深刻的感情，接下来开始新作品。这期间的1年做了很多杂七杂八的事情，我始终觉得一个人应该一生只做一件事情，像池莉的《一个人的千年美丽》那样，多了容易心疲惫。自信的我一直以为我能够掌控很多事情，年轻的我也一直以为还有很多青春可以耽搁，恍惚间，这2年，发现身边的很多同学朋友都已经为人父母，孩子已经两三岁。才明白，原来自己一直都晚熟。落伍了。

也一直以为自己可以走得很深、很远。4年前爱上了一个深爱的男孩，却害怕靠近，4年就这样自欺欺人地过日子，4年后的今天重逢了这份遗憾，原来我是个最愚蠢的女人。爱人是不能够让的。时间会让每个倔强又善良的女孩走出阴影，走不出来的也会在时间里学会和自己握手言和。

我们给自己做个期限，如今赢回你来需要太大的代价。世俗，财富，道德，还有人性和时间的考验。如果期限到了，我们没有赢得宿命，那我向命运臣服。但是，如果人生真的有轮回，下辈子，请你借我下辈子，下辈子我们在投胎黄泉路上的时候，就相遇，我们从起点就在一起陪伴相依，谁也抢不走你，我的美丽也只为你一个人盛开。

下次见你，就静静地不说话，陪着你的温暖，听你的呼吸和心跳。感受你的肌肤，触摸你的指尖，亲吻你的脖颈。

等，等待中咀嚼痛苦品味艰辛。夜，夜色朦胧心静如镜。

如果真的有来生，我只愿化作你身体的一寸肌肤，陪你呼吸，陪你睡觉，陪你感受阳光雨露，陪你做我们一起喜欢做的任何事情。只是陪着你，寸步不离，不离不弃。陪伴是来生我们的誓言。

许一世的温柔

以前有人问我，会不会用一辈子的时间去写作？我答非所问地回了他一句：什么时间？时间的那头还是时间，就像是生活的那头还是生活，大海的那头还是大海。总有一些事情会让我们执着，心真正不再流浪的时候，我们就找到了真正的家园。这个社会浮躁的奢华经常会蒙蔽掉我们的道德，人性也是最脆弱的马奇诺防线。我们不要被社会的灰尘蒙蔽，人一定要认知自己。

婚姻生活，就像是两棵树，有时候随着时间的推移，会交织生长在一起，盘根错节谁也离不开谁，但是有时候也会成长为另一个方向，因为心的背离，每个人都觉得自己的树冠妨碍了对方的生长，到了围城生活的琐碎，很多浪漫都打磨在了时光里。

很多事情是不能推敲的，推敲起来都是玻璃球，不堪一击。美好的东西只能看，不能触摸。生活需要我们平平淡淡，享受平凡。

　　也有一些客观的道德啊，法律啊，束缚了我们的心。在我看来，爱是这个世界上最昂贵的存在。它确实需要概率，正确的时机、正确的地点、正确的人、正确的心情、正确的理由、正确的回眸。如果有这种正确，那就一定要好好经营，且行且珍惜。

时光深处　半路青春

或许人生有些事情是定数。正确的时间正确的人，原来你也在这里，就是这么简单。我觉得最性感的爱情是一见倾心的，又可以牵手一辈子走完的，中间有过磨难，可能是来自家庭、来自自我发展、来自孩子、来自这个社会的种种诱惑，但是无论外面的世界多么的复杂，心是踏实的，世事的纷争并不能动摇今生今世在一起陪伴的心。

年轻的时候有些遗憾，然后又遇人不淑，但是，如果心是善良的，就一定能得到上帝的眷恋。我曾说过，爱与希望是灵魂存在的理由。我只需要爱，因为有了爱才有希望。

不后悔，有张力地去挥洒自己没有遗憾的一生。爱人是不能够让的，如果我当年没有松手，就不会这么稀里糊涂地这4年去将就一个并不相配的人，委屈了自己，耽误了别人。以后，绝不委屈自己的心而生活。

　　我总是不喜欢去争一些东西，有人争的时候，我总是让着别人。爱人是不能够让的，如今再次争回你来需要太沉重的代价。也许这就是命运，每个人活着都有这辈子最困难的事，这就是最昂贵的梦想和最动人的希望。

　　走路，继续走路，昂头走路，走到时光深处，在我们分开的地方继续前行。这是我们半路的青春。

性感的日子

年轻的时候,《孤独的人是可耻的》,想起了张楚的这首歌,孤独可以湮没一切疼痛感,矫情的是爱情,性感的是朴素的日子。"天冷了。"一句温暖的话,会想起了一个人体贴的性感。夜幕降临,晚钟响起,我戴上手套下楼买菜,一个大南瓜重重的,我路上想起了海子的《面朝大海,春暖花开》:

从明天起,做个幸福的人
喂马、劈柴、周游世界
从明天起,关心粮食和蔬菜
我有一所房子,面朝大海,春暖花开
从明天起,和每一个亲人通信

告诉他们我的幸福

……

愿有情人终成眷属

愿你在尘世获得幸福

我只愿面朝大海,春暖花开

这是一段性感的日子,可以开始上路,经历过一些低谷,体味了一些不得已和随风而去,可以感悟世态炎凉的人情冷暖,可以感受生命的宽容的慈悲,可以感动,可以期许。

不值得的人离开,别难为了自己,耽误了别人,值得的人请深爱。不要过一个有遗憾和怨恨的青春。

致生命中的你
——我未来的丈夫

致我未来的丈夫：

如果我们能够一见倾心，相见恨晚，你能没有了解我的经历，就熟悉我的味道，我确信我们彼此是对方流浪过的一个地方，那我应该就是你的妻子。我想和你一起牵手看落日夕阳，浪漫地依偎在藤椅上，从心动到古稀，执着地不再看别人，只有彼此地度过这一生。

我希望我们可以不要富贵，但是小康，最重要的是你和我都有个健康美丽的身体，每天你都可以像个小孩子一样大口大口地吃饭，可以饱饱地睡觉，你可以在我的怀里肆无忌惮地笑，你愿意和我说你的心里话，愿意依恋着我的味道。

精神上因为遇到了你，我找到了家园和故乡，因为今生今世有你的陪伴我感到温暖，如果将来有一天我们有一个先离开，我一定会抑郁，你就是我的整个世界。我们相互欣赏，我们觉得对方的肌肤和外表舒服而美好。

理想的家应该是有一群孩子，有哥哥姐姐弟弟妹妹至少四个孩子，围着我们喊爸比和妈咪。家里会天天有孩子们的笑声和你与孩子们一起捣鼓玩具的声音。

我应该是会做很多好看又好吃的饭菜，然后会搭配你和孩子的衣服，像女红一样，偶尔会给你们做一些DIY的贴身衣物。我喜欢养花，家里会到处是花的味道。

我的文字和相机会记录我们的生活，生命因为这些文字和图片而定格。因为这些，我们可以触摸我们曾经是这么真真切切地一起走过，这样相依为命的一生，这样不可替代的一辈子。

终于安家

——致自己

听说每一个流浪的人都在等着征服与被征服，这些年，我走走停停，发现自己一直就这么漂来漂去，岁数越老，越开始变得悲悯，有时候悔恨会在一个人的深夜将自己湮没，写作也就是这样的一种宿命，停不下来，有些人有些事自己的灵魂就本能地抵触，不合适就是不合适，以后千万别再难为了自己，耽误了岁月，人生不在长短，在于到底有没有痛痛快快地活过。有些人有些事注定不属于自己，今生没有希望，那就修来生吧。千万要尊重命运，时节和运气会成就一个独一无二的自己。

最近这几年心其实很疲惫了，坚强的我好想去流浪，联系了西藏的朋友，在这个长发及腰的年纪，北京，我曾经2次要离开，随缘吧。有些事情是宿命。像爱情一样，只能等，只能遇。

有时候想想，在我 19 岁的时候，那时候如果听了朋友的话，就开始发表作品，现在算起来应该有不少的粉丝了。没有关系，我告诉自己，年轻的时候，去经历一些挫折和逆境也是好的，感情的苦终究会让自己明白活着的幸福。我很了解自己的性格，一旦开始了，我就停不下来。也好，虽然晚了些，但是一定会走得更远。

出版社这边建议我开始搭建一下自己的个人平台，新浪微博、微信、博客、各大小说网站，我几乎是空白，也好，慢慢开始吧，总要有个开始的。

沿着一个方向匀速前进的人

　　毕业这几年，经历了很多事情，有些人风调雨顺地结婚有了家庭，有些人去了国外，走了很远很远的路，有些人也还在曾经的人身边一直没有变……而我，随着工作，经历过一些风景，阅过形形色色的人，也曾经执着过、挑剔过、坚持过、哭泣过、努力过、放弃过、纠结过、难过过……自己去年的小说今年我打算出版了，也许是一个不算完美的起点，但是我很清楚我自己，写作，这是我一生要去做的一件事情。多年来，不怎么接触网络，很排斥公开的东西，在如今这个网媒时代，我多少有些断片儿的味道，新浪微博我建了一个新的，就是后来我在时尚杂志社时开始用了多年的一个名字：米娜。至于笔名，本来想用：韩迂图。我去年编剧用的名字。但是出版社李老师觉得米娜的风格跟我的文字更搭一些，并且我用了很久了。那就它吧。至于笔名从 2007

年写作至今，我用过不少：大漠、黑玫瑰、韩后、韩迓图、米娜、韩子实、韩素。《我的生命里你不曾远离》这个名字我很喜欢，我最近琐事缠身，感谢李老师和发行这边老师。我第一时间接到选名字的任务时，六个名字：《我的生命里你不曾远离》《我，曾走过你的时光（轴）》《那些她从未散去的味道》《我存在你的角落》《你是我不能说的存在》《有一种爱，是风花雪月》，我就给他打电话，他选了第一个，我也是。

出版社的李老师说，这部作品在 11 月份左右就出版上市了。我很期待，原因很多，不仅仅是因为这是我的图书处女作，还有因为这是一部关于艺术和爱的作品，最重要的是从这个起跑线上我开始远行上路了。感谢一路走来陪在我身边的朋友和喜欢我文字的人，感谢你们的一路相随，也感谢出版社的李老师，谢谢您的支持和陪伴，我得以有了新的起点。

接下来，我还会不断更新，各大网站的平台正在建。微薄和腾讯、微信、豆瓣也会陆续更新。希望不会让更多爱我的人和我爱的人失望。

这个时刻，很值得纪念。第一本图书，去年 9 份的小说最终签约出版。李老师说，11 月份出版上市。晚了一年，但是终究还是开始了。我太了解我的性格，一旦开始了，我就不会停下来。接下来，作品会井喷。若 2007 年就出版的话，现在凭我的痴劲儿也有很多作品了。好在一直在写，还算是个不勤奋的拾荒者。最近陆续会有平台搭建，这种感觉像是要远行，但是经历了这么多总算是开始上路了。给自己一个期限，去经历去折腾，因为觉得值得。然后抓住生命中最想要的东西。

也特别感谢生命中的可馨姐，是宿命，感谢我能做我喜欢做又能做的事情，其实老天对我们很仁慈，不经历生活的低谷，我们无法体味生命的慈悲……

噢。到时候还希望各位朋友多多关注，多加粉丝，如果还能爱读我的文字，那就最好不过了。感谢你们陪我一起开始上路。

新浪博客今天算是"落草为寇"安了个暖暖的小窝，入住了两篇小文。算是真的开始了，我是那种上路的时候总是犹犹豫豫，但决定开始了就永不回头的人，沿着一个方向匀速前进，用生命去做这个旅程。吕挽说，当写作的人是条窄的路，走起来崎岖又漫长，像是挑剔一个人心动的感觉，一生就心动一次，那遇上写作了也是没有办法的事。一根筋的人就只能选择这样的宿命了吧。

以后会持续更新，只要还活着。只为懂得人，只为还有希望和爱。

写作原来是一个梦

曾经有人问王小丫《经济半小时》在她的生命中是什么？王小丫说是爱人。因为了解所以深爱。写作于我未曾离开过。从我看到天空的蓝是那么好看，从我听到秋天的蝉鸣可以诉说生命的卑微，从我明白夏虫不可语于冰，从我画画看到了夏日的七彩，我就知道写作的梦未曾离开，我写作只是为了某种程度的记录，记录美，记录忧伤……

张爱玲《我的天才梦》中，说自己是个天才，虽然一生就像一汪枯井，但这种穿透生命悲凉的境界就如同仰望海拔4500米以上的野生鸢尾，这种美让人类景仰和窒息，天才是需要有特定的环境与冲动激情的。我顺应这种"天才梦"的心，希望探索到人性也好，人生也罢的一些珍奇的东西，采摘下来，那是我们精神的故乡！

6年前开始写作，其中曾有3年封笔，我是位并不勤快的拾荒者。

2008年夏天，《大漠的泪》最终没有出版，我见过一些作者做过一些不靠谱的举动，出版了新书不久，便禁令出版社继续发行并将发行新书收回。也许他们太苛求完美，也许他们太缺乏安全感，于我而言，一位作家，他的作品就像是他的孩子，任何作品都是残缺的艺术，它不可能应和所有观众的口味，赢得所有人的喝彩。写作的人，作为某个小领域小范围内精神的领袖，他不能苛求完美。当朋友问我，是否会用一辈子的时间去写作时，我居然答非所问地回道：什么是时间？于上两点，才有了5年前的遗憾，重新整理了这本集子。它是一个起点，总得选择一个支点开始，才能往梦想的更深处行进，现在看来也许它不尽如人意，但是在我的精力和阅历范围内，我已尽我所能把最美好的东西呈现给大家。

作为生活的第三方发言人，我时常感觉有另一个自我躲在黑暗的某一个角落，她可以剖析我的内心，知晓我的欲望，明了我的悔恨。后来我得知，她不是别人，就是我自己。我自身中叫作"写作"的魂，让我自觉地背负起生命与生活的十字架，我跪在耶和华面前虔诚地祈祷：写作于我，只是一个梦。我每天像农夫一样，日出而作，日落而息，辛勤求索，兢业行进，只是为了实现这个梦。仅此而已。

许多个夜晚，我孤独难眠，我觉得长久以来我也许是得了抑郁症，总是郁郁寡欢，我找不到一点让自己兴奋和真正开心的事情，我感到有种巨大的力量在压制着我，我像是在地上爬，我站不起来，我总感觉到快要窒息。我是不是这些年让自己经历太过饱满，以至于感觉自己像是位老者，老气横秋，一年265天我要有300天像具行尸走肉，我的灵魂同我的肉体总是不能够有效地对接，神经系统像个不知疲惫的孩子，白天它对这个世界总是那么好奇，它关注身边的人说的每一句话，做的每一件事情，然后又开始探究他们之所以这样做的前因后果，它总是对这种课题乐此不疲。眼睛会过于关注细节，早晨醒来，看到床上的一粒尘埃在阳光下照耀出光辉，我也会感觉到平静而美好；耳朵似乎也是特别好用，能听到远处似有若无的呼唤。

好累。这些年好累好疲惫。我的感官过于发达，并且只进不出，我总像个隐身的幽灵对别人洞若观火，却又像个哑巴，获取到信息后，从不说话。这种信息量已经在我身上不堪重负了。我的身体又是格外不好，胃总是不听话，闹情绪。我越想皮肤好，有活力，就越发困难。生活就像是个摩天轮，当你乘上了快乐的轨道，你就会越来越快乐，你给别人带来快乐，别人也给予你快乐；当你不幸地搭上了痛苦的摩天轮，你也同样发现你停不下来了，你像颗原子弹一样，可以把一个很快乐的环境整得死气沉沉，你也能把一个正常的人整得像个活死人。我想灵魂行进的道路应该是条单行线，当一个人真正地疼过、痛过，他也就不会再单纯而快乐地回到从前了。但是，他仍然会拥有幸福快乐的权利，只要他挺过这段黑暗的隧道，下一站风景仍旧风和日丽。灵魂痛的时候，梦也就醒了，幸福的人是一直活在梦里的人。爱和希望，是灵魂存在的理由，我只需要爱，因为有爱才有希望。

如果行进的生命里没有爱，没有希望，没有遇到你，没有有你的记忆,那么我会孤独,孤独至死。头痛欲裂的时候,我仰望星空,枯瘦如槁的我,在浩渺的宇宙中如此卑微。

许多时候,我想到了放弃,但是更多的时候,我想到了坚持,生活即使有一千个理由把我打倒,而我有一千零一个理由让自己挺住,等熬过来了,我再蓦然回首,感动的泪水已经再也不能够遏制……

我会活着,并且以爱为铭,铭记此生的记忆,因为真的活过。

离开,爱还在。

孤单不是与生俱来,而是由我爱上你的那刻起。暂时离开,因为爱。

不管事业还是生活,只要你是有心人,一切都会生机勃勃。无心或者心灰意冷是人生最大的悲哀。庄子说过:"哀,莫大于心死。"有心就有境,好心境构成人生的好风景。

如今,我长大了,但心却年轻。

重新整理这本集子,只为不再遗憾。献给爱我的那些人和我爱的那些人。

时间的玫瑰

3年了，一千多个日夜轮回后我又重新整理了这些文字，有点朝花夕拾的感觉，昨天的记忆依然清晰，我甚至能看到书里面的那个女孩素颜散发，淡如睡莲，她带着馥郁芬芳的气息，迈着不快不慢的步子，丝毫没有偏差地向我走来。我像是个局外人，在整理一段别人的记忆。

余光中说，科学是忙出来的，文化是闲出来的。忙者创造物质文化，闲者创造精神文化。近3年来，我忙过了，所以得过且过。我觉得人还是应该顺应自己的内心而活。当你在一个不属于自己的世界里时，自己会感觉像是穿着戏服在演戏，是断不会快乐的。当我在顺义尘埃落定，我选了个临街向阳、有落地窗的房子作为工作室，我喜欢安静却又渴望靠近热闹，工作室后面就是一条闹市街，还有一个湖。记得对湖的钟爱也是从小就有的。小时候，村子后面有个碱水湾，那是村里染坊厂的排污水水池。那时候，我觉得它很美。往前看是红瓦白墙的村庄，往后看是一望无际的田野，还有济青高速的高架桥作为一道美丽的风景横跨视线中央，风景这边独好。下学的时候，父母经常不在家，我就一个人骑着单车去那个湖边看书，湖边的绿草柔柔的、软软的，我就直接躺在上面，那个湖就像是个好朋友，陪我走过了在家乡的岁月。我给我的朋友起了个名字叫"未名湖"。2007年元月，我代表学校参加清华大学冬令营的时候，第一次去了北京大学中真正的未名湖，除了湖水的颜色接近外，论气质、论外貌，总感觉燕园的未名湖是位真正的大家闺秀，而家乡的湖则像是个未长大的婴儿，模模糊糊，没了性格。

如今，我"落草为寇"，厌倦了折磨，因为折磨过。无论平淡还是折腾，只要你自己知道自己是在体验，体验生命，体验阳光；在尝试，尝试美好，尝试痛苦，那你便会乐在其中，哪怕是在逆境中，也必定会苦中作乐。当你有一天随心所欲地折腾够了，重新平静下来，这种平淡才是真正释怀的坦然。曾经沧海，你已没有遗憾，合适的年纪，你做了应该做的事。

工作室有块空地，我就梦想着能去宜家买张桌子，联系云南的朋友，从那里运些棉麻布过来，我写作之余，对着镜子练练瑜伽或是自己设计衣服，手工缝制。时光嘀嘀嗒嗒，它触地有声。

记得以前无聊的时候，做过一个测试题，如果有一天装修房子，但是资金不足，那么你是更想把客厅、厨房、卧室、卫生间还是阳台装修得好一些呢？我记得我不假思索地选择了卧室。我觉得所有动物都有选择最舒服睡眠环境的本能。在工作室靠近落地窗的角落，我安了个卧榻沙发，那是我看书、写作的阵地。如果环境美好，原来我只需要2平方米的空间，足矣。

心若精彩，梦必高飞。

我想再过段时间，我的屋子会多几盏台灯。安静，可以创作散文；绝对安静，可以创作诗歌。半夜里，会有狗叫，叫声中带来了我创作的信息；头顶上，飞机的轰鸣声经常造访，同一个时刻，许多忙的人，还在路上。我会把房间裹得严严实实，把所有灯都打开，整个封闭的空间里，我想要它亮堂堂的，因为现在是黑夜最深的时候了。

我想养宠物的想法在心底很久了。一直忙碌没有停下来，还有一个原因就是男友经常在我们闹小矛盾的时候，半生气半开玩笑地恶狠狠地丢下一句话：亲爱的，我不是你的宠物。言外之意，他有他独立的人格，不容我侵犯。像黄小琥那句歌所唱：相爱没有那么容易，每个人都有他的脾气。如今，我是真的想养宠物了，并且是两只。人是孤独的动物，在这个世界上寻找着自己的同伴。男友对我讲，以后我俩结婚了，一定要利用高科技生个双胞胎，让两个小鬼一起成长。我笑而不语。男孩子无论多大，他们的内心都还只是个孩子，可爱至极。我说，先养两只狗狗吧，把它们当成我们的孩子，名字我都想好了，男的叫"皮皮"，女的叫"沫沫"。

梦想成真，其实很简单，它的台阶就是时间。时间的玫瑰在等待中绽放，就如同女人在等待男人，而男人在等待征服这个世界一样。

当我想像远古女人做古老手工布艺，缝缝补补的时候，我从宜家买来了整理箱、电熨斗、彩粉笔、卷尺、剪刀、线头，还有白桌子，那是我手工作坊的案台。从丽江和昆明调运来一些棉麻彩布，买来一些服饰手工布艺书籍，我的手工布艺DIY作坊就建立起来了。

冬有冬的来意 寒冷像花 花有花香 冬有回忆一把 一条枯枝影 青烟色的瘦细 在午后的窗前拖过一笔画 我在静沉中默啜着茶 就这样子静静的像是等待客人说话

去闹市街买了束百合，插在深红色的花瓶里，让整个房间里弥漫着花的清香。人在美好的嗅觉中身心会得到彻底的放松。闻香识女人，极品女人对香奈儿5号的钟爱，大致如此。埃及艳后也是用精油护肤，香膏让自己充满花香的气息，恺撒大帝才会拜倒在她的石榴裙下。笨女人征服女人，而聪明女人征服男人。这句话并不低俗，上帝创造了这个世界带着它的旨意，这个世界也有它的运行规律，男人和女人都需要在自己的世界里做好自己的本位。女人如花，花似梦。缺爱的女人，就像是缺水的百合，必将过早地枯萎，它，再也不能光鲜地吸收阳光雨露。

爱，是杯满则溢。女人一定要先爱惜自己，才有能力去爱惜爱你的人和你爱的人。因为爱是内心的富足。如果内心没有足够的正能量，便不能拥抱自己的伤痕，不能勇敢坦然地向过去和事实臣服，不能真正地释然和放下。当我们连自己都看不清楚的时候，我们也就没有办法真正地自信，我们在青春的圆环里开始转圈，似曾相识的我们总是犯似曾相识的错误，没有办法真正地朝着梦想行进。

其实，我们应该让自己看到自己的模样。你会静如落英，但你的心却翩若游蝶。

因为你深知你会绽放，只是需要时间。

有一天你会告诉你自己：我很幸福。我在我的世界里，安好无比。

PART 2

实现诺言的日子

爱的诺言，爱就像是深沉的梦，曾经那些追梦的日子像是在放风筝，我马不停蹄地奔跑，只因梦想总是在远方。那些年，我读不懂爱情，那些年我一个人在燕园未名湖畔看湖中的倒影，看燕园里面的小溪浣石，水榭楼台，草长莺飞，在实现诺言的日子里，我清醒并醉着，温和并深刻着。

在未名湖畔的日子。未名湖，是我梦想的又一个柏拉图，在2010年，23岁的我蛰伏在北大南门，读书，跑步，泡图书馆，是那段时间的我的生活的全部。命运给了我很多我喜欢的东西，也让我背负起了一些沉重的东西，那些日子，因为有梦有目标，时间在每一个时刻都是清晰的，努力伴随着身体的力不从心，理想在现实面前遭遇了最残酷的滑铁卢，使我真切地明白，梦想并不是生命的全部，虽然它是生命中最重要也是最真实的部分。

那些不准备寄出的信件。遇见他时，他正年少，这就是传说中的爱情。一直期待的是执子之手，与子偕老的纯纯的爱，一生一世一双人，可是命运会把真正有心的人推向一个爱的旋涡，我们会在年轻的时候，遇到一些年少的他，在错误的时间里，遇到了一些对的他们。我改动了他们的名字，但是心里都给那些他留一个空位，因为他们曾经来过。

PART 2
实现诺言的日子

寻找爱的诺言

爱，深沉的爱，就像深沉的夜那样美丽。在这份美丽里，爱是不需要什么承诺的。现在我躺在床上，静静地，却想起了对父亲的承诺，想起了将来的我由这个男人手中交到另一个男人手中，我似乎应该庆幸，上帝首先把我交给了一个深沉的男人，也就是他，真正意义上教会了我自立、自强、自爱。

花季少女，混凝土建筑下包裹的却是荷尔蒙过剩的冲动，时常感觉自己像个幽灵一般，游离在冻结的时光里，在静止的时间里，生活的遥控器被按了暂停，在这份静止中，我寻找着自己的灵感，实现着寻找爱的诺言。但又一眨眼，从梦幻回到了现实，突然意识到自己似乎还没修炼成凝固时间的能力。我，只是幻想而已，但是为什么我会如此激烈地产生共鸣呢？

看了电影《超市夜未眠》男主角本·威利斯，一个即将毕业的艺术学院的学生给了我一种似曾相识、相见恨晚的感觉，我给了自己十分钟的时间来冷静思考，我终于明白了，因为我跟他一样拥有同样的探求美、欣赏美的执着，最初学艺术的懵懂无聊至极，却给了我们同样欣赏静止事物的能力与幻想。本会在瑞典留学生、生物老师和同班女同学坦尼娅之间比较自己的冲动，寻找自己的最爱，他会知道自己还是比较喜欢和自己同龄的坦尼娅，可是后来本的初吻还没有送出，坦尼娅的父母却给了她一个惊喜，带她去了美国。再后来，在艺术学院认识了第一个真正意义上的女友苏姿，也同样是这个漂亮的女孩子，给了本第一次真正意义上的分手，而他们分手的理由现在想来却是那么微不足道，本意识到给不了这个女孩幸福，因为苏姿总是这山盼着那山高，总是期待着更好的party，更完美的男友，苏姿就这样子把本给甩了。本从此比正常人多出了8小时，生命延长了1/3，为了打发这多余的8小时，本尝试了几乎所有的办法，最后，在塞恩斯坦上夜班，本认识了积极上进，拥有自己梦想的魔力女孩莎伦·品迪，这就是本的归宿吗？最后的并不一定是最好的。但最初的一般却不是最合适的。因为人生需要积淀，就像我们在沙滩上捡贝壳，也许我们现在捡到的不是最完美的，但是也没准儿丢下了这个，我们捡到最后还会有比这个更漂亮的，正是由于命运的这种未知特性才带给了年轻的心煎熬与彷徨，而我们却希望逃离这种悲伤。

就像本放弃自己的归宿一样，在我放弃美术的时候，那种急刹车般的滑动，跟本与苏姿的分手那般近似，母亲说这权当是做了个噩梦，从此，我从梦中惊醒，而我在日记中几乎说着与主人公同样的话，我等待着自己沉静下来，就像等待一潭浑水沉淀一样，然后扪心自问：你还爱艺术吗？你还拥有当初的激情吗？你还记得当初的誓言吗？你有将其毕生投入的勇气吗？你有自觉背负艺术十字架强韧的执着吗？答案是模糊的，模糊得连我自己都听不清楚，我意识到我完了。记得在南开大学时，夏凡问我的感受，我伪心地说了句："激动，万分地激动。"他小声地说了句："有戏，你今年绝对有戏！"这是人类的第六感在显灵，而女人的第六感天生又比男人敏感，可惜，只可惜，那只是我的一个谎言，一个不真实的搪塞的理由，一个可爱的条件反射，那一年的第六感远离了我们，是因为我缺少那份虔诚吗？我不知道，令我像本失去了苏姿一样，从此失眠，一种无形的压抑与茫然从此笼罩了我整个灵魂，像迷路的小羊羔，彷徨于生活的囚牢，如可怜的囚徒那般前途渺茫，找不到逃脱的出口⋯⋯

正如电影的开场白所说，压碎一个人的头骨大约需要 500 磅的力气，但人类的情感却脆弱得多。然而，上帝又是仁慈的，塞恩斯坦，不仅成全了本时间与金钱的交易，同样带给了他一个美丽女孩的惊喜，莎伦·品迪，一个皮肤如牛奶般光滑白皙的女孩，打开了本痛苦的结。本幻想着同她上床，然后做爱，却又因为 party 上苏姿的再续前缘，"我们真的就这样子搞砸了吗？"一种剪不断理还乱的情结，让本又本能地彷徨了两秒钟，然而就在这已经错误的两秒钟里，莎伦·品迪看到的只是那错上加错的第一秒。愤怒的眼神，激动的心情，成就了她同样毫不后悔的背影，这就是人类脆弱的感情，不堪一击的感情，像是摆在灵魂深处的玻璃器皿一样，破镜难圆。"我能够让时间静止，却不能让时光倒回，我没有《大灌篮》中周杰伦饰演的方世杰的穿越时空的本领，但是不管莎伦有没有看到接下来的那一秒，我本·威利斯似乎应该向她解释点什么，但是这从另一种意义上讲，又会不会是一种可笑的掩饰呢？"本又没有了答案，他意识到原来生命中每一秒所做的事情都是那么的重要。到底什么是真爱呢？爱真的如此短暂吗？上帝没有那么绝情，在本的作品展览中，在那些"凝固的时间"里，莎伦听到了本那些说不出的话，看到了隐藏在那次 party 后深深的遗憾。于是，从此之后，他们毫无猜疑地相爱了，也许，在这个星球上，唯一可以融化飘雪冬天的只有两颗相爱的心了。

"曾几何时，我不知道什么是真爱，当你需要时，它就包裹在其中。如果你连一秒钟都停不下来，那你会错过的。"祝福我，从此就这样子与文化传媒与艺术事业，私定终身，白头偕老。

生命的多半由问题组成，在失落与惊喜之间，我们掌握着爱的砝码，就是用这个赌注，我们赌博着青春的明天。

周末在燕园

又到周末了，又到我去燕园的时间了，我曾经至少一周去一次燕园。而今天在决定动身的那刻起，我又犹豫了，胆小了。感觉自己没有想象中的勇敢，一个人真的好孤单，很脆弱。我很欣慰，我买下了这小巧玲珑的iphone，可以让我在燕园边看风景，边记录我的灵感。

今天的天气好晴朗，可是我的心情却没有因为天气好而与众不同起来。有种悲伤与生俱来，有种悲伤隐藏心间，有种悲伤无法逆转。悲伤，莫名的悲伤，是个好东西。它会洗涤掉我的浮躁，埋没掉我的虚荣，培养出我的虔诚，修炼出我的耐性。在我悲伤，在我无聊，在我寂寞，在我不尽如人意的时候，我总会想起高中课本中的那句话："故天将降大任于斯人也，必先苦其心志，劳其筋骨，饿其体肤，空乏其身，行拂乱其所为。"来聊以自慰。

以前曾对高中老师说过，可能是老天爷看我的脑袋好用，所以才让我多思考的；看我的身体好，才让我多走路的。高中的时候，我脑袋老疼，没有办法，我已经有了内置的高帽子，这些想法让我再也回不到单纯的从前。早熟的小孩在思想上已经提前进入了更年期。想法给了我梦想的激情，也给了我失败的打击。我太年轻了，我不禁感慨：可悲啊，单薄的青春。

春天来了，燕园的大地绿了，花儿开了，燕雀的啼叫也比往日里欢快得多了，唯有我寂寞的灵魂还好像蜷缩在寒冷的季节。温暖的阳光洒满了我的全身，却仍旧空落依旧，心如刀割。问世间情为何物？唉，只教人生死相许！此刻我柔弱的心灵祈祷，有一种温柔来治疗我的伤口。可我却不知道该向谁开口。季羡林先生曾在《我的书斋》中说："希望我可以拥有这样一个书斋，我的所有的书籍们都是密友，他们可以自由地交流、沟通，自己在其中遨游，他们在微笑着欢迎，在招手期待。我们都是密友。"我也希望修炼成这样神奇的根器，与我视野中的静物，与我脑袋中的灵感独特地交流。忘记了是哪位文人在荒凉的西北深沉地亲吻大漠，也忘记了是哪位艺人创作了那些经典的"舔"，他把舌头作为了自己最好的情感表达。对万物的感动也给予了他灵感的心动。这是上帝对有情人的馈赠。

不知这些林荫小路上，哪个流动的颜色会是我的灵魂伴侣。我不得而知，我只知道青春年华是天堂与地狱共存的年纪，把握不好就是悲剧。

  记得，徐志摩说他的开眼界是在剑桥。在美国的两年里，依然是忙于读书考卷的土包，是在康桥牛津的两年，他学会了骑着单车看风景，学会了思考。这是一种蜕变，人的思想来自他的生活，人的品位决定了他的高度。而对我而言，是艺术打开了我的眼界，教我学会欣赏静物，思考逻辑的。尽管我不否认，开始学艺术的时候，力不从心到了无聊至极。但是就是在这种差距中我才开始从山峰跌入到谷底，冷静下来，面对现实的。有人曾经说过，吃苦要趁早。感谢天，感谢地，感谢命运中的这些磨砺。

害怕

我从来没有这么害怕过。从昨天晚上到现在我的心都是快速跳动着的,我欺骗不了我自己,可我在害怕什么?每天我妆尽量化得完美,衣服干净整洁,学习也很有规律,我在害怕什么呢?是不是我的要求太高了呢?学会放弃呀,孩子。生活的全部不是只有事业。"执子之手,不离不弃"这都是生活的内涵。

我问我自己为什么总是害怕,心总是怦怦直跳,就是害怕,感觉无助,我觉得我的害怕可能是源自于我的紧张,我的紧张源自于我的压力。我一直以来独自一人承担着我的梦想。它太漂亮了,有些沉重,我就喘不过气来了。找个好朋友,每周分享一下我的梦想,也许我会放松些。

当我穿上漂亮衣服的时候,就不那么害怕了。因为我在穿衣打扮方面最有自信。而最近这段时间我莫名地害怕,很有可能是源自于我在某些方面的不自信。在脆弱的自信心坚强起来之前,唯一解决这莫名紧张的方法就是多一些自恋,经常照照镜子和自己面对面、眼对眼……

宝贝,别怕……

勇气

这两天身体不知为什么就是变得很沉重，早上起不来。仔细琢磨也有段时间没有化妆了。我不算是标准意义上的美女，但却很自恋自己的五官和身体。王小丫讲，她也自恋得要命，自恋是因为不够自信。感谢又有点神经质，这是我们共通的地方。

最近一段时间，精神跟着身体几乎同时瘫痪掉，它们都脆弱得像一片断瓦残垣般不堪一击，我怕自己扛不住，告诉了姨妈我的脆弱。也许我需要一个人懂我一点点，一个劲儿地往前冲也好知道自己的背后有双眼睛在为自己加油。

我长吁一口气，要冷静，当冷静下来的时候，勇气里也充满了坚毅，整个人都会沉下来。我开始变得小心翼翼，小心翼翼地轻柔每一寸肌肤，小心翼翼地化好我的唇，小心翼翼地戴好我的漂亮的发带，小心翼翼地穿上丝袜，小心翼翼地穿上长裙，小心翼翼地写下这篇文章，小心翼翼地翻开课本，用心领悟其中的每一句话……

日后，我将小心翼翼地做每一件事……

珍贵的细节

想到今年生日时，要记得去拍套写真集作为留念。望着镜子中的自己，看看头发，不够有型，似乎还没有自己的风格，正在不伦不类地改变之中，我设想若是今天站在了 CCTV 的镜头面前的话，我打量着自己，好像哪儿哪儿都不过关。许多问题我目前似乎不可以马上改变，但我至少可以改变一些细节。比如，我可以先把头发打理得一丝不苟，然后留出适合我的发型，这是最容易做到的。牙齿也要在考研前整出个型来。牙齿是一生的事情，要好好地爱护我的牙齿。眼镜目前还得继续戴框架的，隐形暂时不考虑。至于我这张脸，虽然已经差不多可以看了，但是仔细一看还是存在很多问题，做面膜的力度不能减。寒假回京后应该会变得通透光洁。我得有这样长远的打算，真正走到那一天，才不会迷路。也可以尝试从网上买特便宜的面膜贴，价格高的不一定好，价格便宜的也不一定不好。坚持每天化妆，这是我每天的功课之一，这一时刻应该是很美的享受。

手是女人的第二张脸。我手型长得还算能看，只是疏于护理，每天至少要早晚两次加强护理。习惯成就了行为，行为成就了性格，而性格决定了命运。但当初形成习惯的是细节。习惯了就好了。

每天晚上坚持洗澡泡脚，那么多化妆品要计划着用到身体上才算真正的受益。

衣服、书包、鞋子都要打理得一丝不苟才是。还有自己的小屋，"一屋不扫，何以扫天下"。

既然还那么深沉地爱着艺术，那么就小心地把它用到生活中的每一个细节中去吧。

我的坦然

不管经历了什么风波，也不管身边人是什么态度。首先我得明确我自己的立场，得意时淡然、失意时坦然。人生不如意事十之八九，可与人知无二三。我改变不了任何事情，我只能改变我自己，培养自己恬静隐忍之心。任何时候，我都听从自己内心的声音，只有我自己我不能够欺骗。当我把态度端得四平八稳，没有任何外在的力量可以伤害到我，因为我很坦然，对于一颗有足够承受力的心灵来说，也许没有什么会真正意义上失去。

能留下来的都是缘。

宠辱不惊，闲看庭前花开花落；去留无意，漫随天外云卷云舒。闭上眼睛，把心打开，整个世界都可以装得下……

我是谁？假如我今天离开，有几人曾经想起了我？又有几人留恋我们的回忆？我的眼泪又忍不住掉下来。我是谁？这个问题应该时常在我脑海中盘旋。

坦然地、纯净地挣扎着去寻找我自己的位子，在我还年轻的时候。在今天，这是我写给自己的话，是我来自心底的坦然……

头痛

昨天晚上没有睡好，今天早上起床后头疼得厉害，每天晚上 11 点左右开始打开心爱的电脑，查阅白天的盲点，一个小时很快就会过去。早上 7 点起床，8 点准时坐在图书馆的阅览室里。

最近老是想朱毅，想她的样子，想她对我说过的话。她为了北大硕博连读，4 年天天坚持泡在图书馆里。而我只不过是区区 500 天，风雨无阻，又算得了什么。我想，我是真的沉下来了，不再轻浮。若非一番寒彻骨，哪得梅花扑鼻香。当朱毅问我："你是个能吃苦的人吗？""我是。"我永远记得那天我没有余地的回答。

头偶尔会痛，但影响不了我的日夜兼程。反而这会给我一个提醒，时刻警惕我的健康。

朱毅用力 4 年来到了燕园，到 28 岁时拿到了她值得用一辈子去呵护的东西。我想我应该用不了那么久。

头痛有时候也是件好事情。说明我内心深处还有所追求。

我想，我是真的沉下来了……

我想，我已经爱上孤独了……

真的爱上孤独了……

跑步

今天早上终于又去未名湖跑步，跑第一圈时居然要休息4次。跑一点路，肚子就疼得要命。这两天莫名地紧张，睡眠又开始不好。身体抵抗力又跌落到了我能承受的底线。我曾试着深呼吸，放慢节奏，但是还是解决不了问题。

每天早晚跑步各半小时，增强身体的抵抗力，对我来讲绝对有必要。我身体强健之日，也便是我出头之时。一个身体健康随时可能出问题的人可以说已经放弃了幸福的权利。

磨刀不误砍柴工，健康的身体是做一切的源泉。

李建立老师曾在广告学课上讲到过治疗抑郁症的良方是多吃多睡多运动。具体一点说是吃到狼吞虎咽，睡到雷鸣炮轰也听不见，运动到汗流满面。我虽然不至于抑郁，但是我发现这老三样对治愈我脆弱的不堪一击的身体也极为受用呢。

就这样子爱上了跑步。因为我知道这每天一个小时的时间里孕育着我整个美好的未来……

从此一生一辈子,风雨无阻与跑步不离不弃……

703 分

　　我永远都会记得我高三考试考过一次 703 分。这意味着我是绝对优势的第一名，像当初我是绝对优势地走进古城一中一样。今天我回过头来想，当初我是以怎样的状态进入这种绝对优势的呢？回到本质的问题上来，我又忆起了健康，那时候我是以一个全能优等生的身份进去的。健康的身体让我创造了那天的奇迹。现在运动一点腿就疼得要命，身体强健之日也便是我恢复本色之时。早晚、课间、饭前、饭后都会绕湖跑两圈。我相信我不用多久就能像以前一样矫健了。

　　是的，一路走来，我寻啊寻啊却总也寻找不到我的未来，因为我本钱都没有了的话，何谈未来？

　　我曾看到无论生理还是心理都比我强百倍的男生们都在坚持运动，我实在找不出我可以不运动的理由。

　　703 分不只是一个分数。它背后包含着许多成功与失败的必要条件：矫健的体魄、受到启迪的悟性、为了一个目标的韧性和执着、冷静的思考、及时的总结、节制的习惯、坦然的心态……

那个时候，我如果没有意外，如果没有走那么多的弯路，不敢想象……

可惜世上没有如果……

6年后，我愿意再从这个丢失的起点上爬起来……

腿痛和早起

好几天需要早起,但起不来。腿、胳膊、脚背都疼起来。早上想要早起成了一种奢望。因为晚上睡得太晚了,早上醒来也不敢爬起来。我怕因为睡眠不足再把身体抵抗力弄低了,那就得不偿失了。所以,在身体变得超级棒之前,我不强求自己,给自己太大压力。早上一切都收拾完毕,迫不及待地戴上晶姐昨天从杭州带给我的漂亮的丝巾,今天在落地镜前一照,它原来那么美啊,美得超乎我的想象……

白色的上衣,绿色的花裙子和那条漂亮的丝巾。从杭州坐着飞机来到我身边的漂亮丝巾,从杭州坐着飞机来到我的身边的我喜爱的漂亮丝巾……

她那么美,那么沉静,那么优雅,就像一幅画,就像一首歌……

贵在坚持,在我的内心中有那股足够坚强的力量。梦想足够强大的时候，我爱上了孤独，因为在孤独里有我未来的影子，它们那么美，使我情不自禁地轻语：未名湖，你好吗？你等待了2年，两年后我来了，因为2年后我才能真正属于你，你的好朋友。

因为有美丽的未来，因为有绚丽的梦想，腿疼不是问题……

忘了吃早饭

每天晚上 12 点准时入睡,早上早起一会儿会令一天疲惫不堪。所以我不强迫自己 7 点起床,自然醒就好。但是有一种很奇怪的现象,我早上起床后会饿得要命,但同时也会恶心得不想吃任何东西。所以,我把跑步的时间安排在了饭前,会让我跑步的时候老肚子疼,绕未名湖一圈我就得休息三四次。但是早饭首先要找到我可以吃下去的东西才好。目前,我只能想到一种东西,那就是我最爱的"徐福记"。但那终究不能当饭吃。以前以猫粮为食让我长成了小鱼干,我已经体味到了不顺从自然的厉害了。

《哈佛优等生》中讲过吃好早饭对于一个孩子聪明程度的影响。西方教育注重成长,他们认为真正的知识存在于人的内心,只需要被唤起即可。我是一个欣赏西方教育观点的人。

今天晚上跟姨妈聊天时，一定要把这个问题给解决透彻了，一天之计在于晨。好的开始是成功的一半。

还有一个不太明确的问题是：我晚上有没有必要加夜宵。这也是我早上起床后很饿的一个原因。晚上上网时跟姨妈探讨。

1. 孩子，要学会享受孤独，这将是一个漫长的过程。现在的求学和刚工作的时候都会是这种感觉。直到成家有一定的社会关系网。苦尽甘来，有付出就有收获。关键是选对目标，少走弯路，因为人生求学的时间有限。

2. 宝贝，吃饭了吗？一星期应锻炼两到三次增强体质。

3. 数学较深奥，多请教老师。

化妆

每天早上起床后化妆时是我心灵很纯净的时候。它告诉我做个女孩子真好。有那么多漂亮的衣服可以穿,还有那么多漂亮的饰品可以摆弄。话说女为悦己者容,我知道我将来的灵魂伴侣一定很优秀。杨澜说,等待也是一种积累。我祈祷,在他来到我身边之前,我可以积累得多一点,再多一点。每天化妆的时候,我设想他就在我的身边,在镜子里。然后,我可以找到一个为自己美丽的理由。也为自己一天的努力找了一个名正言顺的借口。

我不需要想他是谁。上帝有一天会把他带到我的身边来。我要做的就是耐心地等下去,并且相信他很优秀。做好我应该做的就可以了。

加倍地爱惜我自己,因为只有一个懂得并能够爱惜自己的人才有能力去爱惜别人。将来，我要做个好女儿、好妹妹、好妻子、好儿媳、好妈妈呢。我要成为他们的骄傲呢。怎一个"好"字了得？一个好的女人。漂亮、优雅、充满智慧、温柔、宽容、善良、有品位、有远见……

一切源自化妆，是隐藏于化妆背后的力量，是我成为一个好女人的力量……

伤仲永

今天在人大教室整理2009年画家的资料，看到了一位"90后"艺术新生代的作品和个人艺术履历，不禁为之一震。他们是"90后"新锐的一群，却在艺术领域进行种种的探索，他们日渐成熟，成为大连乃至中国美术界的希望之星。然而，我却在他们过于顺利的履历背后读到了一种危机。我在深思，年轻的脚步还能走多远？我想起了舒同，考了8年才考入中央美术学院，而如今毕业了又不得不为了生计而给别人做事情，想起了刚，那么顺利地应届考入了央美，我也不知道他还能走多远？像舒同所讲，以前的他也拥有梦想，然而，如今他看到前辈们都实现不了的梦的话，自己又怎敢企及？我也想到了我自己，我也是那么刻苦，那么勤奋，但是我找不到真正值得我去执着，我也愿意为之执着的东西，直到现在，这个方向也没有真正意义上定位下来。虽然我拥有信心。但是不经历风雨怎么见彩虹？没有人能随随便便成功。我大一的时候，曾经那样深深地痛过，流泪过，如今我挺过来了。《周易》中说："天行健、君子以自强不息；地势坤，君子以厚德载物。"我现在无比感谢生命，感激命运跟我开的玩笑，曾经我以为它已经无情地踢我出局，我也以为再也不能用我的虔诚去感动我内心的渴望，再也不能闲适地倾听内心的声音，可是，终究是与艺术有关，我并且无比确认我将是在这条路上滑得最远的那个人。朋友，从另一个意义上讲，就是时刻提醒我们：如果你一刻不努力，那么就会落后。差距已经存在，也许我输在了起跑线上，但是我一定可以在中途奋发，成为最后的胜利者。昨天看崔永元在昌平办的个人博物馆是关于电影艺术的，当时就有好多的导演捐赠物品。只要你不放弃，梦想就会成真。其中还有一位画家袁熙坤更是厉害，代表国家外交部参与中外文化交流，让我想起了名利双收，盆满钵满。我从事的工作，可以与艺术家近距离交流，有足够的机会与他们成为朋友，阳子主任讲以后我做个自由撰稿人是水到渠成的事情。因为出版、采访、策划这块我都懂。至于深造硕士能攻读艺术史，是这次工作赐予我的灵感。明天元宵节了，不知远在潍坊的父母和远在武汉的哥哥是否此时此刻想起了我。我今年寒假就一定在顺义租套自己的公寓，再一年寒假一定买辆车。

梦想

心中莫名地紧张与空虚。很幸运地认识了北二外的水水,让我对人生的思考又多了一个角度。我在莫名地紧张中又开始思考我的未来何去何从?我再也不能这样浑浑噩噩地过日子了,但我的未来又在哪里?我这样思考之后又开始真的长大了许多,放下许多东西仔细想想,我还是喜欢一个没有太大压力的城市。我有一个最疼我的哥哥,以后他在哪个城市,我就在哪个城市了,因为一路走来我发现许多没有任何意义的事情浪费了自己多半的青春,而生命中最可贵的温情却总是被我丢在身后。压得我喘不过气来,想要逃离。西部。我是否可以忍受自己的梦想放到西部去或是去珠海、天津这些城市让我心理上没有压力。许多时候,信心脆弱得像跟线,这时候需要静下心来给自己一些勇气。先静下来读会儿书再说吧,在寂寞的时节里就多读一点书吧……

还是会莫名地紧张和害怕，我必须清醒地考虑一下我的未来了。安定地平稳地走我自己的路，没有结果的事情不要做，因为那是在浪费时间，少说一些话吧，因为已经太累了，我知道我的内心一直还在等那个电话。

我知道在我的内心里还在一直等那个电话。在这个世界上能够相识是一种缘，可是我总是迷失自己的未来，找不到任何方向。《重庆森林》、《挪威的森林》，自己看的书还是太少。外公，天国的你还好吗？树欲静而风不止……亲爱！我们什么时候才能够真正长大？什么时候才能够真正快乐？温馨而没有压力地生活……自己选择的路跪着也要将它走完……

我到底想要什么东西？我现在应该做些什么？我必须要把这个问题摆正了。我想要过什么样的生活？没办法，在这个森林里大家都压得喘不过气来。所以还是先做好自己吧。压力这么大，哪还有什么精力做别的事情啊。新闻专业就是小灵通，我到现在也没有仔细读懂这个专业。人在社会上立足却必须要有个专业。

我真的想明白了。我将来一定要跟我哥哥生活在一个城市里，还有我们的父母，这才是我想要的宁静幸福的生活。因为怎么样都是一辈子，一定要跟自己最亲近的人生活在一起。执子之手，不离不弃……

既然这是我自己的选择，那么就让我一个人挺过来……

其实，我感到许多时候，我已经不能够静下心来读书了。年轻的时候背负了太多的东西反而不好……

为什么啊和一百三十一个因为

"我想要对你说声谢谢,不要问我为什么。谢谢你,免回。"

"为什么啊?"

"因为你在最关键的时候引领了我,让我明白很多事情,虽然现在你估计已经不认识我了,但我还要快一点成长,有一天我可以真正意义上帮助到你点什么。常联系,后会有期。谢谢你,祝你永远可爱。"

"因为沉默下来时,每次忆起你几次眼眶泪水打转,是因为了解,是因为疼惜,是因为感动,是因为更多的感谢与祝福……"

"因为你是我生命中的贵人。"

"因为那天你在天津给我打完电话后,我一个人默默流泪了许久。"

"因为我希望有一天你也能这样对待我。婚姻的路绝不是铺满玫瑰花瓣的坦途,即使拥有美好的婚姻,我们每个人迟早要面对自己的需求和欲望，面对内心的不安全感和空虚。我要变得漂亮，我要变得温柔。因为我明白你也有工作压力，也需要安静和谐的避风港，你不是我唯一的精神交流站，你的精神负担需要减低，你的精神需要放松，我们的互助需要自然。"

"因为我愿意无怨无悔地为家庭付出，为心爱的人付出。但是只有当我独立了，我的付出才是有'基础'的，因为不论付出的是金钱还是精神支援，那都是我充分拥有而不是'透支'而来的事物。独立带给我信心，是我不怕因付出而匮乏，独立的豪气很可爱，因为我不会一面付出，一面唠叨；当我愿意付出却毫无所求，我就变成了圆融大气的女性，独立并不等于强悍或者咄咄逼人，内心的自信会让我卸下各种不必要的伪装。形诸于外的反而更自在、更温柔。我知道，这都是你想要的。"

"因为我相信'精诚所至，金石为开'。是你在我关键的时刻打动了我'沉睡'中的心灵，而我也期望以我的用功之勤、决心之深来敲开你的真心。亦步亦趋，像初进学校的小学生背书一样，最简单的方法有时却是最有效的捷径。多元的社会提供给了我们太多的选择。太多的资讯排山倒海而来，当我们像海绵一样惯性地吸收各种讯息、各种技巧时，我们的心灵是否也承受过多的负荷，忘记了'单纯'的美丽，'单纯'的力量。我想圣洁的女孩是单纯的，是心灵的一尘不染，而非人工雕琢的花枝招展。失去金钱，可以再赚回来；失去爱情，可以再寻找新的爱；但是，失去了勇气和热情，就真的失去了所有。我一直相信，女人有多自信，就能成就多大的事业；女人的自尊越强大，自信越丰沛。没有自尊，就没有自信，甚至一无所有。相信自己可爱、被爱、被重视、有价值，这是我自尊的起点。首先，固守住自己圣洁的一方城池，然后才能有开疆拓土的魄力。"

"因为你讲过所有问题的解决都在于我的内心，我从内心相信自己是独一无二的。我对你是有价值的。飞蛾扑火，无怨无悔地追寻向你飞；相信自己的选择，并全力以赴。"

"因为你是男生，你的语言维持权威与独立；而我是女生，我的语言应该制造亲密关系。这是我们不同的思维方式和行为模式。当我对自己许下承诺而且做到了，便体现出了我的意志力，我要体现我做到了的成就感，勇敢地说出来，大声地承诺，不让设定目标成为'画饼充饥'的空中楼阁的方法之一是让他人见证，让身边的人都注意到我，我一定会更认真，而不愿意露怯。"

"因为 EQ 高的人，即使别人只是付出点滴，也会心存感激，因为这样的女人才真正懂得欣赏别的女人。"

"因为我要做我最喜欢的。Live what you love！我喜欢穿红英的衣服。"

"因为雨果说：'爱情是各种热情的混合物，包括对肉体的崇拜和精神的崇拜。'你得去均匀地搅拌它，才能品尝到爱的甘醴。"

"因为三毛说：'爱情啊，如果不落实到穿衣、吃饭、数钱、睡觉这些实实在在的生活里去是不容易天长地久的'。"

"因为奥修说:'爱情是一朵非常容易凋谢的花儿。它必须受保护,它必须受强化,它必须被浇灌。唯有如此,它才会变得强健'。"

"因为柏杨说:'爱情是不按逻辑发展的,所以,必须时时注意到它的变化。爱更不是永恒的,所以,必须不断地追求'。"

"因为纪伯伦说:'爱情中需要一种软弱无力的感觉,爱情包含着某种程度的腼腆和怯懦'。"

"因为伊萨科夫斯基说:'爱情,这不是一颗心去敲打另一颗心,而是两颗心共同撞击的火花'。"

"因为我要留下生命中不灭的印记。席慕蓉说:'不要因为也许会改变,就不肯说出那句美丽的誓言;不要因为也许会分离,就不敢求一次倾心的相遇。总有一些什么会留下来吧。留下来做一件不灭的印记'。"

"因为张爱玲说:'女人一旦爱上一个男人,如赐予女人一杯毒酒,心甘情愿地以一种最美丽的姿势一饮而尽,一切的心都交了出去,生死度外'。"

"因为毫无经验的爱恋是迷人的,但经受得起考验的爱情是无价的。就如休谟说过:'妒是一种叫人痛苦的感情,可是如果一个人毫无这种感情,爱情的温柔亲密就不能保持它的全部和热烈'。"

"因为女人说话时,最重要的是要和气。和气宛如涓涓的泉水从心底流出,轻松自然,温柔亲切,不紧不慢,能给听者舒怡、安然、细腻、亲密、友好、温馨的感觉。在抒发情感时和气的声音更是一种迷人的魅力。在与人交谈时，说话人态度谦恭、谨慎和文雅，可以缩短彼此的情感距离，密切双方的关系。因为鬼谷子曰：'口者，心之门户，智谋皆从之出。'我无比地相信语言的力量。不懂得说漂亮话的女人，就仿佛一个不会动弹的华丽木偶，缺少人物灵动之气，经不起时间的细细推敲。即使阅尽繁华，即便历尽沧桑，岁月也不曾把她雕琢成一个汇集万千宠爱于一身的女人。"

"因为我想要在人群中闪闪发光，让骑着白马而来的你可以一眼就认出。让人心动的女人，她不一定拥有倾国倾城的容貌，但她一定是一个懂得察言观色的女人。她的才学和智慧从来不会给人以压迫感。和她在一起总会让人如沐春光。我要成为最打动你心弦的那个女人。"

"因为酒逢知己千杯少，话不投机半句多。我想紧紧追随那千杯少的知己。"

"因为年轻的我想拥有欲望，我要扼住命运的咽喉。"

"因为我要陪你一起走过年轻时候的孤独。"

"因为我永远记得那句令人深省的话：从出生到 14 岁，一个女人需要的是慈爱的父母和健康的身体；从 14 岁到 40 岁，她需要的是美丽的外貌；从 40 岁到 60 岁，她需要的是迷人的个性；从 60 岁以后，她需要的是现金。千万记住，唯一能够为你留意财务状况的就是你自己。"

"因为我要首先使自己的人生得到丰富，然后再对家庭，对社会有所贡献。我想要拥有全方位的女性成功。像是钻石，哪个方面都是熠熠生辉。真正的成功，真正发自内心的快乐。美丽自信，家庭和谐，人际关系，学习成长，财务独立，健康休闲，成就荣耀以及心灵和谐。我们都无法改变生命的长度，但是我们可以无限拓宽生命，拥有精彩的人生。每一天都过得充实、快乐。其实美好的人生愿景就是不仅拥有丰富的内心世界，而且还拥有高品质的生活质量。"

"因为每当我一个人觉得很委屈而不爱惜自己的时候，便会想起你。眼泪会静静地流出'城池'，没有你的日子里，我会更加珍惜我自己。"

"因为每当寂寞的时候想起你，就感觉像是有你在身旁。那种回忆足以让我静静地沉淀下来。记忆中的你永远那么可爱。"

"因为想起你的时候，我便会无所畏惧，甜美的愿景永远在前方起航……"

"因为心中装着你的时候，永远都不会累，没有那种疲惫的感觉……"

"因为每经历一次沉淀与洗礼，我便更加感恩。感恩于轻易背叛自己的朋友，是她让我体味到女人之间的友谊的分量，'知音难求'。感恩朋友轻易说出了伤害的话，让我先体味到它们的锐利，以至于保留发言权，不会去伤害别人。"

"因为一个女人真正胸中有爱的时候，那她是无所不能的。一切外因都不可能成为这股坚定信念的'掘墓人'，这才是真正内心爱的力量。"

"因为当我对别人没有耐心，不想放下自己去包容别人的时候，想起你，我克服住了自己，要怀着空杯的心态去包容别人。把自己放得很低，很低。因为我有一天要承载使命的。今天所有委屈的泪水和汗水，有一天它们都会化作如数的珍珠奉还给我……"

"因为我会在空暇的时候，我会情不自禁地用画笔勾勒你的样子……"

"因为你教会我捍卫自己的尊严。有尊严地做自己想做的事。保护好自己，帮助到别人，达成互赢。"

"因为你坚定了我的信念，让我排除杂念，认准目标，全力以赴，决不放弃。"

"因为你让我明白什么是不能原谅的，一次都不能容忍的，那就是触及自尊的背叛和欺骗……"

"因为你让我学会了更加珍惜我自己，不只是身体，更有勇敢地对自己不喜欢的事情说'不可以'。"

"因为你让我有勇气果断地离开生命中那些庸俗之人，做最真实的我自己，做最圣洁的你需要的女人。"

"因为我想要我们的心理距离停留在'+4'，而不是'+1'。"

"因为只有我自己才知道，到底有多少次给你发好了信息却又删掉，写好了网上留言却又删掉，这种'欲罢不能'却又'欲说还休'的辗转反侧只有我一个人明了。"

"因为你让我有勇气和毅力坚守阵地，让我坚守做完美圣洁女人的底线。"

"因为你让我明白：想要一样东西就必须放弃一样东西。在这样揪心的挣扎独立中学会了女人最重要的品质——自立。"

"因为我想问你一个问题,如果现在你想要得到一个人的帮助,但是他却想动你最宝贵的东西。如果是你,你最终会如何选择呢?我想听听你的建议。"

"因为我不相信我哥哥的话,任何伤害我,伤害我父母的人'让他滚'!也许你们男生的做人处世原则和我们女生就是有许多的差别,我觉得很有道理。"

"因为传说中有一种'旺夫'的女人,我要做这种传说中的女人。"

"因为每当我坚持不住的时候,我会想起你说的'错错'的典故。"

"因为那首歌《掌声响起来》:孤独地站在这舞台,听到掌声响起来,我的眼泪忍不住掉下来,告诉自己要忍耐……"

"因为当我心爱的 iphone 丢了的时候,我无比清晰内心那种隐隐的疼痛与失落……"

"因为我总是照顾不好自己的东西。"

"因为我无比相信,环境可以造就一切。我要永远跟积极的人在一起,永远跟优秀的人在一起。"

"因为我会不自觉地很在意你的话。我愿意为你去积淀八方人脉,愿意为你而充实丰满,愿意为了你而卓越改变,愿意把你作为大漠成功的理由与筹码。"

"因为想起你的信念,足以支撑我一个人静静地走完长长的路……"

"因为有你,我会去在意自己的每一个细节。从穿衣打扮到指甲毛发，再到生活学习，做人做事，哪怕只是一个浅浅的微笑，一个深深的祝福抑或是不得不离开时那优雅的背景。我要去做那个精致的女人。"

"因为如果只有把自己血淋淋地全部暴露出来，才能拥有美好未来的话，我宁愿选择安分守己的心安理得，这是我们女生的最终选择。"

"因为我后悔自己怎么可以那么肆无忌惮地在电话那头哭泣，对不起，我当时没有考虑到你的感受。这份内疚会放大到内心深处。"

"因为有人把我推向了'鳄鱼'，在我浑然不知的情况下，当我一觉醒来的时候，发现不仅有美丽的未来，还有一个可爱的人……"

"因为简单就是伟大。人最不容易活出来的就是简单。我要保持20岁女孩的那份简单与可爱，保持住那份纯净。"

"因为感觉有时候比分析更重要。"

"因为如果女孩不好好修炼的话，那么她令人讨厌的速度比男人要快得多。男人如果不好好修炼的话，其结果只是会加速衰老。我自己也不明白女人为什么会变化这么快。"

"因为传说中女人是水做的。"

"因为女人最漂亮的时候是30岁。36岁的女人是登峰造极的。我要做那个超越我年龄的女人。"

"因为如果傻也有傻的好处的话，那为什么有时候不让自己傻一点呢？"

"因为我现在才明白如何看问题，明白什么是最好的。高级的不一定是最好的,而适合的才是最好的。一双鞋子无所谓大小贵贱,华丽与否,合脚舒适的就是我需要的。"

"因为黑格尔讲:凡是存在的,都是合理的。一个人的自我选择都有他的理由。我永远都不会关注别人的是是非非……"

"因为有些理论讲求适合,而有些理论讲求创造,不仅要'适合'而且要'创造',打开和建立市场,'无为而至,无中生有'。"

"因为一个人喜欢一个人,并且足够得用心,那他(她)就一定可以争取到这个人。"

"因为当面前有一句好听的话和一餐美食的时候,男人跟女人的需求是不一样的。男人会毫不犹豫地选择美食,而女人则也会不假思索地选择那句漂亮的话。女人也许天生就比男人重视形式的东西。"

"因为许多时候,深刻比生动更重要。"

"因为关系就是财富。单打独斗那只是一个小女孩的想法。洁身自好、孤芳自赏,那只能说明社会经验浅薄;'趾高气扬',走起路来脖子像长颈鹿的女人,只能说明缺乏人生阅历。没有关系就没有未来。"

"因为我要了解'消费者'的需求,并提供'方便'。将其所需的'奢侈品'送货上门,开我的豪华车。"

"因为我要寻找到让自己无所不能的那股力量。"

"因为书中讲,女人最大的缺点就是虚荣。我不知道年轻的时候紧紧追寻自己喜欢的东西、需要的东西算不算虚荣抑或女人有虚荣心是不是件好的事情?"

"因为我 19 岁的时候，不知道自己需要什么东西，你说可以给我很多东西的时候，我听不懂你的话。现在我要和你一起努力拿到你想要的东西。"

"因为我愿意为了你做一个听话的女人……"

"因为是你让我突然有一天对经济产生了兴趣。爸爸曾好几次试图往这方面引领我，我都对它不感冒。今天我把它当作恋人、爱人，爱不释手。"

"因为这种奇妙的力量，我也不知道它来自何方，它具体是何时来到我的身旁。它悄然而至，潜移默化地融进了我灵魂深处。'金融'就这样子从此深烙记忆。"

"因为我确信自己以后会是一个成功的媒体人，成功的新闻工作者。"

"因为我相信经济虽然不同情眼泪，但是经济却是感性的。"

"因为我确信自己有一天会成为那个比镜头更漂亮的女人。一个虽然不喜欢言谈却充满智慧的女人。有一天我的成功之路也会像今天读的成功人士的传记一样。读罢总有一种启示激励那些以后的人在奋斗的途中充满勇气与自信。"

"因为有你的一句话，让我无怨无悔地坚持'北漂梦'。"

"因为我也不知道为什么似乎任何时候都是你的立场是'+'方，而关键时候，你又会及时'现身'，拉了我一把……"

"因为我无比坚信，孤独久了，自然就会丧失爱的能力。我不想丧失这种守护的本能，也不想有一天面对镜头时，有一种莫名的黯然神伤……"

"因为你讲过喜欢她那样的女人。"

"因为你无意中说起，你身上也有我文字里的'悲'。"

"因为每次面对电脑，都会潜意识里有种期待，那种欲望有时足以让我崩溃掉。"

"因为要成功的欲望足以让我奋不顾身，全力以赴。"

"因为传说中只有彼此放弃，才能做到全力以赴。"

"因为传说中只有特率真、特诚实、特有想象力、特敏感又有点神经质的人，才能够成功。"

"因为传说中人的一辈子总是要冒险的。"

"因为当我们真正看破红尘的时候，不会盲目崇拜一个人，而是真正地爱屋及乌地包容和理解一个人……"

"因为你那句话：给街头卖艺的人零钱；不和深夜了还在摆地摊的小贩讨价还价。让我永远地记住了你的善良。"

"因为忘记了历史，就意味着背叛。人永远都在背对着历史，面对着未来。"

"因为我要过那种有冲动有心跳的生活，而完美的童话故事结局是：有你有我。"

"因为我无比相信，听话绝对不是对一个人的赞美，但我却愿意去听你的话，回忆你的眼神，你讲话的样子。"

"因为我想要把心沉下来,认真地思考:打动你心灵的女人……"

"因为我无比相信什么东西都是可以创造的,可以'无中生有'的不只是市场,也包括幸福。"

"因为需求和欲望决定了一个人的一生,我拥有强烈的冲动:我要以一棵橡树的姿态和你平等地站在一起。"

"因为经济学中讲,需求和需要是不一样的。需求是有支付能力的需要。"

"因为我要为了心爱的人而修炼成那个最具有魅力的女人。"

"因为你我无比相信,如果我不去尝试一种状态,我是不可能拥有那种状态的,除了我需要的生活,还有我想要的幸福……"

"因为我要提高自己的含金量,才能增加你的附加值。"

"因为我不想在未来的幸福问题上让心爱的你为难。我要做第三个选项C:既漂亮又脾气好的魅力女人。"

"因为我不想做那种让心爱的人'欲生不行,欲死不能'的残忍的事情。"

"因为'世事洞明皆学问,人情练达即文章'。"

"因为'文章本天成,妙手偶得之'。"

"因为我要做那个最会'察言观色'的女人。"

"因为我要'拨云见雾',深入你的骨髓……"

"因为传说中广告是以策划为主体,创意为灵魂。"

"因为传说中创意是科学的思索加上天才的表达。"

"因为茫茫人海，知音难觅，我要倾注我的热情，直至成功。"

"因为我愿意为了你做一个让自己沉淀下来的女人。一个静静地付出者，默默地守候着，却也安然地祝福着的纯净的女孩……"

"因为你让我拥有了丰满的回忆，张开了想象的翅膀……"

"因为我心中有一个美丽的画面：依偎在你的身旁，看爱琴海傍晚的夕阳……"

"因为我要将刺青烙在灵魂深处。"

"因为关于未卜的未来，我小小的计划还是有的。"

"因为想到心爱的你，我会疼惜得失眠，会静静地流泪，会无尽地狂欢亦会疯狂地崩溃……"

"因为我愿意以空杯而虔诚的心为你我祈祷：我们的未来……"

"因为以后的人生道路上，我想与你同行……"

"因为：你爸爸没有教过你怎么追女孩吗？"

"因为天平那端的你已经足够优秀……"

"因为你值得。"

"因为一定要做到你需要的。"

致吾亲吾爱

亲爱的：

  我赠予你的诗，你只能闻闻不能喝，因为我只是一个拾花儿人，早上花儿谢了，我晚上把它们捡了回来。但是我想告诉你的是，你的人生才刚刚开始，从此时此刻开始，从此充满了奇迹，这才刚刚开始……

  有价值的东西从来都不容易轻易得到。所以我祈祷，无价之宝的你可不可以让我执着生生世世，生生世世……

  在 19 岁，我并不知道我到底需要什么样的生命维谷，你执着地讲能给我很多东西。那时候的我，根本听不懂你的话，如果那时候亵渎了你，对不起。叛逆的我却想：你给，但我也得想要。

  在我 20 岁的时候，你问我想要什么，你说你人在外地，在天津，你明明知道天津有着我深沉的回忆。

我想要拿起我的画笔，画一个世界给你。因为你曾经给予了我整个世界。在我最贫穷的时候，我的生命中的第一个寒冷的冬天，它来得比较早，早得我有点受不了。你在这个时候及时地出现，寒冬的冰慢慢地消融，快要死去的希冀又开始在残冰中滋养蔓延，复苏的梦想支撑起了另一个崭新的世界。

我的路靠我的脚走出来……

我想要那笔画下我的吻痕。希望它能陪你走过你年轻的孤独与寂寞。在你讲：孤独——这是为自由付出的代价的时候。你是否抬头看到过对岸的风景：愿意陪你走过年轻的孤独与寂寞。20岁是他最黯淡的日子，这时的他不能完全独立又不想依赖，挣扎着、彷徨着，寻找着自己的位子。面对你，我有足够的耐心包容、理解、体谅与信任。只因你曾经的一句话：心疼。我就可以这样无怨无悔。

什么礼物足够得有创意，它独立设计，独一无二，它会让你回味，让你感动，让你感觉到我的足够用心和期待。孩子气的你，是我心中永远可爱的、善良的、纯真的、细心的、神通的骆驼。

白玫瑰的花语是：我足以与你相配。那么什么样子的礼物才能配得上如此宝贝的你？我想用它系住你。男人最懂得爱，罗曼蒂克只有一次。我想成为你的那一次。我想陪你回头看夕阳红，我想陪你听那晚钟沉重，我想陪你回忆那从前的点点滴滴，我想陪你一起难过，我和你一起给街头卖艺的人零钱，不和深夜还在摆摊的小贩讨价还价，我想和你一起"手碎了，找不到心"，我想和你一起实现你的诺言，我想和你一起祝福，我想和你一起为自由付出代价，我想和你一起去云南丽江，我想和你一起去迪拜的伯瓷，我想和你一起去法国的巴黎，我想和你一起去爱琴海看日出，我想要一辈子陪着你，慢慢变老……

我好想好想……

我在内心深处向自己的灵魂呐喊：如果没有你的话，我还能活吗？我不停地问自己一百遍，没有你我能活得很好。我听到了120个这样的回音。没有任何一个男人值得我为了他而迷失了自己，甚至放弃了前途。亲爱的，你也不会例外。以前没有，以后也不会有。好的爱情是对方以自由为最高赠礼的洒脱，以及绝不滥用这一份自由的珍惜。一个好的女人能够刺激起男人的野心，而最好的女人却还能抚平男人的野心。无聊、寂寞、孤独是三种不同的心情。无聊属于生物性的人，寂寞属于社会性的人，孤独属于形而上的人。爱，可以抚慰孤独，却不能也不该消除孤独。

人之一生，成败得失，或许早有定数。而我们忙忙碌碌，但求心安，点点滴滴地做点事情罢了。这样已经心满意足了。假如能够有所收获也算是个意外了，正可谓"得之我幸，不得我命"。我们能够做的只是尽心尽力，足矣。

你见过我的字吧，给你什么样的感觉？我笔端流云，你只能闻闻不能喝，它们是香水，香水有毒。香水洒在了我的身上，就变成了我的味道。

人生一世，不过就是把名字写在水上。

PART 2
实现诺言的日子

致我的好朋友底阳生日

生日快乐！同时感谢你一直以来的包容。这段时间我试了试水深水浅，我有把握。我想我是真的沉下来了。我想我是爱上孤独了。每天泡在图书馆，一天留下10个小时看书，1小时跑步，晚上1小时上网查资料，1小时爱惜自己。一周见一位朋友。这就是我的近况。每天枕着书睡，抱着书睡，我现在不缺衣服跟化妆品，但是我缺知识。每月至少留下1000块钱来买书。看我屋子的书跟报纸一点点多起来，我不再紧张，不再害怕。长远的11月份，我生日的时候我想去拍本写真集，我想记录下我21岁的青春印痕。21岁的时候，我才开始真正意义上的青春，再就是寒假的时候再去爬一次泰山。我想再览一览众山，看一看天下。我做我自己的校长，我自己的老师，我自己的学生。就这样子爱上了孤独。我曾扪心自问还要给你送祝福吗？显然你已经知道答案了。因为你若是不开心或是难过了,这都不是我想看到的,只要你开心就好,这也是我发信息的初衷。否则浪费大家的时间还不如用它来做点更有价值的事情。记得不管我将来飞多远,我都还会再飞回来。我还想给你再打一次工。晚安。免回。

静观花自放　笑看云卷舒

——致生命中不可或缺的朋友青年雕塑家韩迓图先生

　　我常常一个人静下心来观察静物，聆听这个世界的声音，然后感到时间静静地一秒一秒地从生命中溜走，像小鸟飞出森林一样，一只一只地离开。昨天跟妈妈去了圆明园，我们去看福海，信步走在小路上，妈妈使劲儿牵着我的手，我们坐在藤椅上歇息，我把头靠在妈妈的肩膀上，妈妈把衣服盖在我身上，我们一起拉着购物车去超市买东西，晚上躺在床上，我往妈妈的被窝里钻，让妈妈像小时候那样抱着我，我们聊心里话，妈妈伸过手来，帮我擦掉脸上的眼泪。求求时间别走了……妈妈从小就告诉我：爱是一种美，一种力量，要做一个敢于付出，勇于承担责任的人。

　　谢谢你一直以来坚持你的立场，不断地提醒我：享受生活。让我又开始做梦，有所期待。我又开始向往西藏的那片空旷和明朗。那里有与天空最近的距离，有 8848 米世界最高高度，也许我们好久都没有仰望星空了。我们都需要"登山""攀岩"挑战生命的极限。你问我怎么可以治疗自己，让自己重新拥有激情，找到一个年轻生命的兴奋点，恢复青春的活力。我告诉你是信念。人活着总应该找点寄托。任何时候，不抛弃，不放弃，坚信自己的梦想，相信自己可以拓宽生命的宽度，这将是你所有勇气的来源。飞很高很高的天空，走很远很远的天路。你能与谁同行，那完全取决于你能走多远。

另外，关于独立的审美观，上帝创造了世界。女人是美的象征，男人是力量的象征。随着年龄的增长，内心越来越坚守，越来越挑剔地选择适合自己的事物和人。也可谓外表越来越圆而内心越来越方了。一个男人的品位在于选择自己的妻子，这是你毕生的珍藏品。伉俪牵手，不离不弃。有句西方谚语的意思是好鱼居水底，好的东西不容易轻易得到。当真正沉下来的时候，心也就痛了。人不可能永世快乐，因为人总是在回忆过去。

因起笔仓促，没有整理好思路，还望见谅。

PART 3

奔三

在路上

一个人的一生由二十几岁决定，二十几岁的时候，自己的职业选择，自己的社交圈子，自己的人格声誉，自己硬件软件都在奔三之前定下了大的格局，在奔三的路上，我们开始了自己的漫漫的为理想行进的道路，这个路上，有自省，有彷徨，有决定。

　　大学，在人间，童年，人生最美丽的三件事情之一，在大学遇到了自己的导师，这是人生的一件幸事，有个不错的知己，告诉自己人生其实是沉重的，因为梦想是生命不能承受之轻。

　　年轻的时候，因为外面的世界好精彩，向往繁华，渴望热闹，青春的时候不害怕折腾，但是并不代表内心就没有彷徨过，害怕过，只是因为折腾是青春的宿命，因为折腾才有回忆，因为追逐才能无悔，那些年，我正青春。

　　一个人的时候，会想起某些人，不是因为寂寞才开始思念，是因为思念才开始变得寂寞，孤单不是与生俱来，而是由某人想起某人的那刻起。一些夜晚，一些人，一些眼神，一些故事，总会在夜深人静的时候像是泉水一样翻涌而出，偶尔我患起了伤风来。

PART 3
奔三·在路上

二十自省

不知不觉地我已经到了开始奔三的年纪，而想想老大不小的自己，学业、事业、家庭、爱情都还是一团糟，不见眉目，就不禁为自己感到一阵悲哀，一阵憾然。

每次在我心情最低落的时候，我就会带上我的 iphone 去一个人逛街，我想让自己躲在一个角落里，让寂寞来催眠自己。

中午的时候，我徒步去了颐和山庄，漫无目的地就进了小区的健身区，我静下来，思考着自己的空缺……

我伤心也许是因为我的壮志未酬，力不从心。朋友们说，我生活得太辛苦了。开始我不明白他们怎么会有这种共鸣，虽然说，最了解自己的人还是自己，但许多时候，当局者迷，旁观者清，群众的眼睛是雪亮的。最后，我想也许是我的想法太沉重了。是的，有谁喜欢整天看一张苦瓜脸呢？别人不喜欢看，我自己肯定也不喜欢摆。那么我莫名地伤心就是一种自残，一种自我矛盾。一个走不出自己阴影的人是永远都积极不起来的。我找到了问题的症结所在了，放下思想的包袱，学会单纯，我也就学会了快乐。这是我能积极为生活奋斗的第一步，关键的第一步。

晚上去老师办公室上网聊天，遇到了"一帘幽梦"，他现在在广州读研，今年4月底就来北京了，因为他考上了清华大学的博士生，跟他聊天我听出了他身上的自信，我喜欢年轻人身上散发出来的这种魅力。我问他："是什么原因使你鼓足勇气坚定信念坚持读书的呢？"他回答说："因为我觉得自己需要充电。"那一刹那，我才明白，我是一个再也正常不过的正常人，我的许多想法是那么正常。在我追梦的道路上，我不会孤单了。因为在这条道路上，我会拥有许多结伴而行的旅人。我要勇敢地闯一闯，因为就算是遇到再大的风雪再大的浪，也会拥有默契的目光。这时，心情突然莫名其妙地轻松了许多。我不再去跟身边的人无聊地攀比什么，也不再在朋友所说的圈里圈外彷徨。（他们说：在大学里，谈恋爱的人是圈里人，没有谈恋爱的人是圈外人，在圈里的人希望逃到圈外去，而在圈外的人却期望能挤进圈里来，这就是"圈里圈外"定律。）不过，我觉得我是个特别的人，因为我找到了自己的路。

当我拥有了健康积极的心态，然后又坚定自己梦想的时候，接下来就是脚踏实地地埋头苦干了。学业给了我自信，也是我事业的起点。

凡·高曾经说过，因为了解，所以深爱。最近从军妮姐那里借了几本新闻专业的书，下载了新闻方面的视频，我才觉得我要坚持自己当初的选择，走好自己的路。可以说来北京1年了，接触专业方面的东西却是在最近。当我对新闻接触越来越多的时候，我就觉得我当初的选择不后悔。因为我是爱新闻的，虽然我还是喜欢画画，但是现在，我更适合新闻。我必须坚定一个这样果断的立场。做选择是痛苦的，但是不做出这样的取舍，我们就不会集中精力全力以赴地去追梦。池莉曾经写过一篇文章《一生只做一件事》，我觉得从某种意义上讲，它传达了一种人生的取舍与执着。以前的我就像是个小孩子，不懂得责任与义务，只知道一味地索取，而不懂得珍惜与付出。那是一种无知而又幼稚的疯狂。有时候，会觉得自己老了，老气横秋了许多。

20岁的人，少女已过，熟女未满。而对于一个女生来说，女大十八变，我也不例外，我第一次"长发为君留"，第一次学会了从自身的角度去欣赏女生，第一次学会了在心动中面对现实，经常就这样子一个人发呆，去畅想自己未卜的未来。想到这些缥缈的东西，脑袋就会像棉花糖一样膨胀了起来。舅舅的信息像是一场及时雨拯救了我：城市灯火惹人醉，人在江湖却是累；困难重重梦难追，残酷现实要面对；生活无聊心疲惫，笑对人生无眼泪；人生难得几回醉，多多休息别太累。《奋斗》中徐志森也曾经说过，在这个世界上，只有理想主义者，他们生活得才会舒服些。这句话我赞同，我也要拣起自己的"野心"，自己的梦想，重新为生活而奋斗。但我不要做他这样的孤独者，只有一堆零,而丢弃了一。奋斗失去了任何价值。在这个社会上,有的人只爱金钱,有的人甚至连金钱与权力都不爱,他们没有目标。他们都是一堆零的拥有者。因为他们不明白生活的真谛,不懂得奋斗的内涵。

冥主是我来北京后第一位真正意义上的朋友,我们志同道合。我曾经问过她:你对我了解有几分?她评价我:很自立、很有主见。我选择的事情就算它有残缺,我也会继续接纳它。永远都不会因为什么事情、什么人,而改变我的计划、我的主意,这就是我。我的性格是我的特点。她曾经半开玩笑地说,她是我精神部的一个小兵,对于我,她永远都拥有发言权。这一点,我也深有同感,就是这个女孩许多时候把我分析得淋漓尽致,在她面前我似乎是赤裸裸的。我告诉她,如果我在忽视一些事情、一些人,说明我在选择中放弃了这些东西,而对于她,对于生命中不小心邂逅的又一个知己,我是不会放弃的。这里有她的免死金牌。这就是我。如果说友谊需要经营,那么这就是我的游戏规则。

有人说,上帝就是制造不公平的。在这个社会上,有许多的人因为现实而放弃了许多的"舍不得",舍不得的爱恋,舍不得的梦想,舍不得的心动,都是因为现实,才擦肩而过的。人不能太自私了,我们追求幸福的计划里,不能只考虑到自己,我们得考虑到我们的父母,我们的亲人,我们的朋友,以及我们的爱人。许多的恋人们不是因为不爱了才松手的,而是因为不能爱了,才放手的。我也经常在深夜醒来的时候,我会警告自己,要现实一点,不要太天真了,美好的东西大家都喜欢。先管好我自己吧。三十而立，到时候，我拿什么自立起来呢？我不要小时候靠爹妈养，长大了靠老公养，可是我独立的资本在哪里呢？想到了这些我就会好难过，觉得自己一无是处，在这残酷的现实里我找不到自己的立足点。每个人的背后都会有他值得回忆与流泪的故事，那种经历让人情不自禁地流下眼泪，这种感动是我写作应该追求的东西，最真实的感动与流露。

其实，接受残酷现实的低起点，没有什么不好。马克思曾经说过这样一句话，人类有的一切特点我都有。就是这句话，在我心态不平衡的时候，它却能神奇地让我恢复平静，接受残酷的现实。许多美好的东西，不可能只是我的私人用品。我没有什么可抱怨的，甚至，我还应该有这种气魄，呐喊：就让这场暴风雨来得更猛烈些吧。

好想站在大海边，放声大喊：我，20岁了！

20岁，对于一个女孩而言，已经到了法定的结婚年龄了，这是在成人之后，又一个门槛。20岁了，意味着我不能再去装小孩子了；20岁了，意味着我该去考虑自己的事业了；20岁了，意味着我该去考虑自己的爱情了；20岁了，意味着我该去考虑自己的原生家庭了；20岁了，意味着太多太多……

奔三不谈永恒
——奔三白皮书

奔三不谈永恒。

感谢那些伤害过我们和正在伤害我们的人,给了我们清晰的头脑和明澈的思维,是他们筑起了我们迈向成功的阶梯。感谢那些给予我们真诚祝福和真心帮助的人们,是他们给予了我们做下去的决心和勇气,以及一步一个脚印的坚持。感恩是奔三的承诺。

普希金说:"一切都是瞬息,一切都会过去,而那过去了的就将成为永远的回忆。"奔三的结局是经济独立和美丽。而为了这个目标飞蛾扑火的时候,要坦然,沉住气。古语:"宠辱不惊,闲看庭前花开花落;去留无意,漫随天外云卷云舒",也有此意。菲尔丁言:"真正优雅的品位总是与卓越的心灵相伴。"我期待着一个有目标、有梦想,自强不息,追求卓越,有希望,永远出色得体,一个行走中女人的蜕变。

在我爱上明德的时候，我忆起了一句话：因为了解，所以深爱。我爱我挑选的专业，我的满脑子的想法以及这些笔尖流出来的文字。我爱我的父母，我的哥哥，送我真挚祝福的亲人和朋友们，我爱教授我知识的老师、同学，我爱大自然的一花一世界，一叶一菩提。我爱这个世界上所有美好的事物。最关键的，我清晰知道我爱什么样的男人，一个拥有才华，一个拥有魄力的人，仅此而已。知我者，谓我心忧；不知我者，谓我何求？人生得一知己足矣。我得有那种宁缺毋滥的勇气和毅力。

当年北京不识君，落花时节春未尽。而立将至，曲径通幽，转换是一种能力，而自如是一种力量。我想对于一个奋斗者而言，成功不是一个头衔，也不是一个职位，而是一股力量，就像世界上有两种品位，一种是真正的品位，一种是转瞬即逝的品位。如果说一个女人的一生由二十几岁决定的话，那二十几岁的时候，我宁愿让自己俗一点，这样 30 岁才会优雅有品位一点。一个女人最重要的品质应该是——善良。百善孝为先。贤惠，这是亘古不变的传统美德。知书达理。有思想，有品位。懂事。充分信任，相对自由。有一份稳定的工作。没有过多的物质要求。工作能力强，有一技之长。拒绝灯红酒绿，不对异性过分热情。天真，有一点童趣。喜欢读书和音乐。长得不能太丑。懂养生之道和基本医学知识。身体健康。

一个男人的品位在于选择自己的妻子，选择了什么样的妻子就等于选择了什么样的人生。人活这一辈子究竟什么才是我们所必需的？真正需要的就是要有良好的心态和闲适的心情。只有家庭和睦，心态健康的人才具备闲适的条件。比如娶一个好女人就能赋予一个男人闲适的心情。我在这里找到了我美丽的定位。

瘦死的骆驼比马大；撑死胆大的，饿死胆小的。而现在的情况不再是"大鱼吃小鱼"而是"快鱼吃慢鱼"。对趋势的把握是一个创业者最重要的能力。然而，"欲速则不达"。在创业前给别人打工积累经验是非常有必要的。北大的阿华讲，世界上有四种女人：一种是创造事情发生的；一种是看到事情发生并改变想法的；一种是不相信事情发生的；一种是消极厌世无所谓的。开始我把自己定位于第二种女人，但是仔细想想，我知道我是前三种都有的倔强女人，并且一、二种占主体。还有三种女人：给别人打工的；自己创业的；把自己的青春和生命都完全献给丈夫和孩子的善良的女人。我觉得我是个矛盾的人、复杂的人，到现在也没觉得自己具体是哪种，也是三者兼容，以一、二种为主。在29岁之前成为富婆，是我经济独立的定位。

埃斯佩朗莎，是西班牙语的希望的意思。今天，我播下了一颗叫作"埃斯佩朗莎"的种子，接下来，我要用辛勤的汗水浇灌，我期待着它在我30岁的时候，能够开出一朵华贵娇艳的玫瑰，我期待我身边那浓郁的芬芳，我期待那静静的蝴蝶，静静地落在我的身旁……

我们长大了，却忘记了很多事情：我们学会了说话，却忘记了表达；我们尝试着哭泣，却不知道感动它来自哪里；我们各式各样地笑着，但是却再也不懂快乐的意义；我们常常说着"我"，却再也形容不出我"自己"。当然，你还是你，我还是我。大地还是那大地。只是走在路上的你，还能否忆起当年的那种心绪……

可以复制的成功与创造的成功和一个女人的梦想，差距在哪里？迷茫的时候，不懂得解读，年轻的时候，张开了翅膀，丰满的回忆……

我应该明确1年、2年、3年、10年后我的升值空间有多大，所以我沉住了气，决不轻易地把自己交给别人。我还没有完成自身的甜美蜕变。如果说要相信缘分的话，那么正确的时间和正确的人都还没有到来。要沉住气，只是时间问题。要有一种人生的骨气，别人不相信我们，因为我们从来都没有做出过什么让别人信服的事情来。女孩子长得漂亮那是幸运，但是却不代表着幸福。

日子在平静中痛苦地煎熬着。是的，等待幸福的孤独是刻骨铭心的。错误的时间，错误的地点，出现了错误的人，一切奢望都没有必要了，而我们苦苦等待的到底是一个什么样的男人？一个什么样的男人才可以让我们不顾一切地去爱？

怀有一颗感恩的心，过好生命中的每一天。这是奔三的承诺。

最后，汪国真的《嫁给幸福》：

有一个未来的目标，总能让我们欢欣鼓舞，就像飞向火光的灰蛾，甘愿做烈焰的俘虏，摆动着的是你不停的脚步，飞旋着的是你美丽的流苏，在一往情深的日子里，谁能说得清，什么是甜，什么是苦，只知道确定了就义无反顾。要输就输给追求，要嫁就嫁给幸福。

生活艺术化

首先，这个论题让我很感动，很久都没有这样做专门关于生活和艺术的思索了。思维不同确实会产生不同的品位和结局，要成为什么样的人就要活在什么样的人的视线里，我要成为一个香奈儿那样的女性，但我还拥有太多感性与艺术的东西，那是我的第二生命。太多艺术与感性赋予了我丰富的想象。老师讲艺术的世界里得有激情与刺激，而我喜欢用挣扎的痛来诠释所谓艺术的一个分支，这也就是别人读懂的我身上淡淡的悲伤。

黄金法则，我希望别人给予我的以及我希望我得到的，那么我该怎样去做呢？如今天老师所讲的，做什么和如何做哪个更重要呢？其实许多时候，这个问题得看他们在什么样的前提下。把各种矛盾的力量整合起来从而糅合成为一种完美的结局也是一种艺术化的生活。

美丽的声音、淡淡的味道、浅浅的微笑、轻轻的脚步、柔柔的眼神、暖暖的抚慰、清醒的逻辑，透晰诡异的心爱。这都是我潜意识里流动的生活艺术化的定义一。

　　无所谓成功，也无所谓失败，没有那种所谓的压力，就这样静静地、悠闲地而不去想任何别的事情，世外桃源般，静静的小桥流水和夜泊的秦淮……牵他的手，听他的心跳，美丽的燕园，幽静的未名湖畔，散发着泥土味道的空气香味。那是我心目中的生活艺术化的定义二。

　　一天又一天，一年又一年，孤单的我是否拥有改变？许多东西我把握不了，唯一可以掌控的就是我的心。我可以决定我想要的生活方式，就如同我可以决定我要追随一个什么样的男人一样，这种生活大气的、和谐的、拥有灵魂的平静，我就融解在了其中，闭上双眼，听从自己内心的歌，那种发自内心每一个细胞的颤抖，是我对生活艺术化占有的满足。优雅的金黄色，散发着晚宴味道的魅力黑色是我生活艺术化的定义三。

　　女人是画做的，女人也是最爱画画的。当脑海中拥有了这样一个个艺术化的画面，我的艺术化生活便在不知不觉中踏上了万里长征的第一步。

我心深处

——致我的恩师李建立君

尊敬的李建立先生:

  首先我想要对您讲的便是感谢。感谢您一次又一次精心策划的"别有用心"的话。感谢您一次又一次地主动跟我搭讪。感谢您在我假装睡着时去敲我的桌子。感谢您并不了解我,却敢对我下定义。感恩,是我想要对您讲的第一句话。"恩师"在目前我们的关系来讲,它是"透支"的,因为我一路走来需要感恩的人,太多太多。您也曾经问我,我为什么那么看重您。"适当的时候,出现了适当的人。"我永远相信那句话:自助者天助。大的规划,我还是有的,只是精彩的细节,还需要您的指点和建议。当然,要得到一些东西,也比如会舍弃一些东西。在您一次又一次要看我的集子时,我都婉言拒绝了。我也曾发信息给我哥哥,给朋友问他们对于"鱼和熊掌"该如何选择时,男人们的处世哲学确实跟女孩子不一样，他们像爱惜自己的羽毛一样宝贝自己的最爱。我从中受到了很多启迪。其实，我心中永远都有自己的强烈追求和判断，您的话我会三七分，这是我与别的女孩最大的区别，永远那么有主意。我不认同的东西我一点都不会去碰，这是我的个性。您讲的策划与运作，我还需要时间。我还需要积淀一些东西。您也不止一次地谈到"知音"二字。这话严重了。但朋友还是可以的。以后欢迎来燕园散散步、聊聊天，我请您吃饭……

今年暑假回山东好好吃饭，我确实需要"丰满"起来。我给自己定了个目标，至少增肥 20 斤。当然需要"丰满"起来的远不止是身体，还有比漂亮更重要的聪明。您需要了解我的成长史时，我是讲不出来的。因为每个人的过去，那都是一部厚厚的史书。您从何时开始研读？我茫然，所以无语……

我的 iphone 是丢了，在回山东之前我打算再买一部相机。因为我要记录下我的历史。当然，当您并不深刻解读我的时候，您便也不能真正明白我需要的东西，以至于您一直以为我是想当作家的。那是以前，现在我是全力以赴做到经济传媒的精英。我要真正意义上帮助到他，因为他在心灵上给予了我太多，他是我真正的"知音"。就像适合一个男人的女人不只一个，我适合的工作也有许多。

以前，我喜欢所谓的"艺术"。现在我从这个"大染缸"里跳了出来。我开始重新定位我的梦想：满腹经纶而拥有魄力。所以，我义无反顾地选择了追逐。"30 岁的时候会结婚"，"一生只做一件事，那就是创业",这两句话会在故事结局之前深烙于我脑海。因为您讲过：一切事情都是可以创造的，包括幸福，只要你足够用心。我要做那个用心的女人。我最终决定留电话给您的原因是因为您无意中讲了那句话："不要盲目崇拜什么人。""许多东西是教不出来的。听话也绝对不是对一个人的赞美。"您讲了跟我爸爸一样的话。也许一切都是天意。

至于穿衣打扮，彰显气质与品位，这个我完全自信。虽然许多时候也会不自信，但是自恋也绝对可以填补这个空白，虽然女人的气质是由内而外的，但是我也绝对赞同您的话，用金钱堆出来的精致女人。我要用最好的衣服、鞋子和化妆品来装饰我自己，这是一个懂得疼惜自己爱自己的女人的门面。当然，我也自信于我的风格，因为虔诚地热爱着艺术。

在您讲"矛盾冲突"时，我在内心的答案是：我需要的。如果我想要的还没有到来或是正在离我而去，那我会马不停蹄永远追逐，这是生命的意义。如果没有我想要的，那我宁愿不要。在我爱惜我的每一寸肌肤，每一个指甲，每一根毛发时，我无比坚信我整个人都是与众不同的。那种与众不同足以令心爱的人骑着白马而来，一眼就能看到我，并骄傲地讲：我的女人。有思想，有外貌，有学历……这是一个有魅力的他的女人。

在北京的这两年我的生命是半年一翻新的，因为我要比别人成长得更快。接下来会定居在畅春园，我不喜欢群居的生活，许多时候，沉默不是因为腹内空空而一言不发，不是因为没有口才而不能侃侃而谈，它是睿智思考人生的意义。独居虽然也会寂寞，但却会洗涤明净，每个成功的人在"花开"之前都会有段卧薪尝胆的孤独的。我选择挑战。

我曾经静静地望着镜子中的自己，我与镜子中的眼神对撞。这个人能成为一个家喻户晓的社会精英，这个人内心充满了无比的能量。老师，我也十分认同您讲的一个成功的人的特质：聪明，有韧性，敏感，还有点神经质。我许多时候就会莫名其妙地掉眼泪……

广告运作的整体规律是以策划为主题，创意为灵魂。人生也需要广告。在最后一堂广告课上，您讲天地有灵，泪飞顿作倾盆雨时，讲把梦想奉献给我们时，我内心没有真正意义上被触动，但我能体味到您的别有用心。思考广告的另一层概念：广告的使用价值。思考一个朋友的价值。思考一些真正有意义的东西。"一颗好葡萄到一瓶好酒之间的距离，瓶壁外面到里面的距离是3毫米，这3毫米的旅程，一颗好葡萄要走10年。而且，不是每一颗葡萄都有资格踏上这3毫米的旅程……"很煽情的一段话，适合做广告。事实上，这的确是一条葡萄酒的广告文案。我喜欢它并不是因为文案的煽情，并夸张了一瓶佳酿的诞生过程。从栽一棵葡萄树到它可以产好酒，的确需要过10年，而且在它可以酿酒的那些年，水土、天气、人力都要达致上佳。除了专业人士，几乎没有人会有耐心去看到每一个步骤。喝酒是一件"慢事"，写酒更慢，没有时间和心态，永远只有二手知识或者浮光掠影……

每个有梦想的女人都是有故事的传奇酒庄。不是受过"皇帝"的册封，就是受过"贵族"的料理，不知有多少人觊觎，想平淡都不易。把"历史"定义为"故事"，是因为没有打算成为历史学家的野心。只是试着用自己的观点来阐释生活足矣。故事是包装最大的噱头。我们国内也有那么多的国产佳酿，为什么不多点故事？哪怕是野史。

艺术的魅力在于它们拒绝教条，在复杂情境中考量人的选择。那也是现实世界中，我们常常难以避免的选择。

您曾经跟我讲，您看一篇文章好与坏的标准是主题的集中与否，而我则认为这是您作为一个广告人的角度来看待写作。我最初写作是一种发泄，但我曾经跟朋友讲，不论我多么用心、多么虔诚，我都写不出内心最深处的东西，我总是试图在美化一些东西，隐瞒一些东西，因为人性太复杂了，我有太多的东西根本放不下。朋友讲："能写出来的是大师。"他的话总是充满了朝气又一语中的，让我内心充满了力量。但是，我不能保证自己表达内心深处真正的"真实"，却可以追求表达的"诚实"，这是我永远谦卑的一个创作姿态。让谦卑散发出自信的味道……

后会有期。

祝福安康！

我与朱毅

与朱毅认识、交往一切都是那么地自然，回忆起来心中满满的是温暖……

朱毅，是一个瘦弱娇小的女孩子，她选择做学术研究，还是纳米专业。皮肤黑黑的，但是眼光中透视出来的却是真诚和坚毅。从一开始交往时，我更能体会到她对我的信任和她无意间流露出的真诚。

她会讲到她 28 岁以来一直辛辛苦苦就是为了追逐一个自己的梦想，但是等自己真正通过努力而争取到它的时候，却发现自己必须还要用一辈子的时间去呵护它。她讲到了她觉得自己是个很能吃苦的人，但是这一路走来，回忆过来，她觉得这也太辛苦了。我没有那个年龄，也便没有她那种强烈而渴望安定的感觉。她看问题看得很深刻：每个年龄段的女孩子都有自己所热烈追逐的东西。我们两个人现在的心境毕竟不一样，所以，我保留我的发言权。

我去她宿舍，我们面对面地聊天。这恐怕是她离京前一个值得以后回忆的画面了。这段时间她在准备博士毕业典礼，还有两篇论文一直也没有写出来。从她断断续续的咳嗽中，我能体会到她最近的忙碌。

在我返京之日也便是朱毅的离京之时。我不打算买电动小摩托了，因为相比之下，朱毅骑了5年的自行车会更有意义一些。我们之间的这份友情，足以让我日后的日子里对心爱的自行车疼爱有加。朱毅的床头永远都会放几本好书。我随手翻了一下，种类很多，当我问到她钟爱的书籍和作家时，她讲到没有，但也很多。一句矛盾却正确的回答。她以后就去暨南大学讲课了。广州，是一个与我有太多情结的城市。广州美院造型艺术学院是我内心永远的殇。我无比清晰什么样的朋友值得我深交。因为我无比相信我们交流时我内心深处的那份安然。

好在这个社会信息与交通通信都如此发达，大家交流的机会还是很多，但是想到离别还是会很伤感……

在我的印象中，最深刻的便是朱毅的背影，像朱自清留意到父亲的背影一样，在与朱毅分开的时候，我脑袋中最后一个画面便是她的背影，微微有些驼背，但是温和之中却能让我感悟到她内心无比坚定的力量，只看到她脸的时候，我感觉不到她已经是一个28岁的女人了，她那瘦小单薄的身体让我想到的除了疼惜还是疼惜……

突然会很期待。在她南下广州的最后一次见面，因为那时，我将会去拿到她的博士照片。这张照片我会珍藏。也不知是从何时开始，我开始学着收藏，收藏一些有纪念意义的照片、衣服、鞋子。也许这就是成长的印记？我不知道我给她的印象，我只知道从我们一开始交往，她便喊我"大漠"。那种相识、相知的感觉，那种平和而亲切的心态就像两个陌生人却可以坐下来促膝谈心一样。在我失去一个朋友之后，我更在乎朋友之间的一个标准，那就是信任。朋友之间如果连基本的信任都没有，那么它是经受不住时间的考验的。

我还没有机会见到朱毅的男朋友，北航软件工程的博士生。今年暑假他们要一起回广州暨南大学教书的。朱毅讲他们是一个县城的，在北京同学聚会的时候认识的。讲到他，朱毅没有那么多的兴奋，或许像她讲的那样，她现在这个年龄需要一个家。"结婚"是现实的，抑或他们之间早已经升华为了亲情。但是不管怎样，在朱毅告诫我女人不要太辛苦，应该注意生活质量时，我想这是一个姐姐对妹妹的箴言。同时，我也衷心祝福朱毅未来幸福……

与朱毅的谈话自始至终都很平和。她讲到理科生强调逻辑，注意力集中，而文科生可能会注重广博和发散，有点旁征博引的味道。而她是典型的理科生，她没有评价我。不会轻易对别人下定义，这是朱毅留给我的第二印象。大家都是二十八九的人了，每个人都会有自己的私生活，从修研开始，便经常一个人在实验室里做实验，几乎不跟别人搭讪。在大学的时候，为了争取保送北大硕博连读，她整天泡在图书馆、自习室，而在北大，她又用5年的寂寞，拿下了这个结果。

在我意识中到自己需要时间沉淀的时候，从朱毅身上我看到了忍耐之后女人身上的淡定，那种我想要的味道。

好像所有女孩子都喜欢芭比娃娃的。朱毅的床头也会有许多毛绒绒的玩具。但是，她却告诉我喜欢墙上干干净净的感觉，以及不喜欢用信用卡支付，因为很麻烦，还要记得哪天还款之类的，自己不喜欢的事情不会去做。这都昭示着她是一个单纯而乐观的人，而我本质上也是这样一个单纯的女孩子，所以我们能长长久久地成为朋友……

繁华，生活的背景

望着窗外北京繁华的夜景，我却想到了美丽夜色背后许多人水上的生活……

还有我，为了欣赏到这样的美景，而攀登上了拥有这样高度的台子……

虽然，我记得高处不胜寒……

在繁华与喧嚣中，一定有许多诱人的高贵与经典，也一定有许多无奈的平庸与忍耐……在繁华的大街上，从奔波的脚步声里，我听出了那股拼搏不息、奋斗不止的生命的力量，那是对生存的一种渴望，那是对未来的一种向往；在那些绽放的笑脸上，我却掬出了几丝疲倦。虽然，可怜的人们都喜欢把那稀有的真实隐藏，但还是难逃眼光犀利、嗅觉发达的新闻工作者的敏感。记录真实生活是每一位新闻工作者的职业道德。忙碌就这样继续着，1天、2天、10天……1年、2年、10年……然后，就都融入了繁华，成为了背景……繁华里有失败落魄者的哀号，但更有成功自信者的欢笑，无论何时，历史的车轮载动的都会是拼搏者的脚印，历史的号角奏响的也都会是进取者的旋律……

一天，一位学长问我有没有想过一个问题，然后就是一连串的动作，他左手做了一个飞机起飞又着陆的动作，然后又摆了摆右手，说了句"Hello!"开始我没有反应过来，后来才明白，学长是在问我想不想出国呢，我说，想过，但是现在不会。我想作为一个新闻工作者，文化传媒者，在年轻的时候应该具备许多的知识与能力，而在这基础上出国才更有意义。所以说，现在不会，但我想将来会的，肯定会的。因为我们是"80后"，因为我们生活在一个优秀的时代，一个认可优秀的时代，一切机会与财富都会在前方等着优秀人的到达。所以，我心期待。

也许就是一些理想而已，但就是这些理想，赐予了路上人神的力量，让我们欢欣鼓舞，永不言弃，甘愿做辛苦的俘虏。每个夜晚来临的时候，我就会情不自禁地静下来想一些事情。想一天的工作、学习，想周围人对我的评价，想与周围人微妙的关系，想我的亲人，想我的朋友，想1年、2年……10年后的我，想这期间我应该做和能够做的事。就如《七年之痒》中男主角对玛丽莲·梦露说的："人是离不开社会的。"想完之后，我会轻松许多，也会疲倦许多……然后，在我未知的睡眠中，繁华又熬过了一夜。

　　车水马龙、灯红酒绿，不过浮华的背景而已，过眼云烟耳，唯繁华背后之血汗与泪水乃是真实生活写照矣。

与年轻宣言有关的碎片

这一提笔,心似乎又游离起来,感觉生疏了许多,于是今天去北大燕园寻找已经不知什么时候丢失的年轻的激情了,围着未名湖转了一圈,拍了几张很有设计感的照片,因为迷失了方向而游离不定的心这会儿才慢慢升平了。尽管我很不愿意承认,但我最近就是低沉了许多,有时候,我想如果我连自己都不能坦然赤裸地相对,那么我又怎么能去赢得别人的信任与尊重呢。爸爸不只一次地告诫我:要先做人,后成才。高中老师也有教导:做个好人、能人、贤人。面对着那平静安逸的湖面,寒冬的残冰还没有完全融化掉,斑驳陆离,让我想起了记忆中的飘零碎片。

我在思考,为什么我是宿舍中年龄最小的一个,而思想行为却是最成熟的一个?真正的年轻又是指什么?年轻是青春与活力的象征,也应该是生命旺盛的动力，它不应该只是个性时髦的服饰，也不应该只是浓妆艳抹的妖气，当然它也不是老气横秋的成熟，更不是冥顽不灵的执着，年轻不应该这样子止步，生命也不应该这样子止步……年轻牵手着年轻人的誓言，牵手着那些不老的誓言，那些逝去的歌，还有那未卜的未来……大学生们，天之骄子，除了渊博的学识，修身养性以外，他们每个人身上更多的是使命，是责任。以前有过年轻的冲动，无理的抱怨，也拥有过万丈的激情，好想好想说那句话，唱那首歌，如果再回到从前，所有一切重演，你是否会明白生活重点……但是爸爸告诉我，我只有未来没有从前。我懂，我要从过去的旋涡中走出来，同时应该整理一下自己混乱的思绪，让年轻恢复它健康的本色，积极而有规律地跳跃起来。有一本书叫作《男人的一生由二十几岁决定》，其实女人的一生，更确切地说，事业型女人的一生也是由二十几岁决定的，二十几岁的道德标准、生活品位、社交关系决定了一个女人的未来。俗语说，十五岁立志，三十而立，四十不惑。在奔三而立的年纪，是人生的一个重要过度，已经错过月亮的我，再也不能错过星星，人的一生不能有太多的遗憾，对我来说，放弃画画已经是一遗憾，为了生计，我不得不放弃绘画多年。这时，我想起了张爱玲《红玫瑰与白玫瑰》中那句经典语录：原来生命中最痛苦的不是没有邂逅玫瑰，而是面对两枝同样精彩的玫瑰，要么全部都要失去，要么必须选择其中一枝。而选择了红玫瑰，白的就是窗前明月光，选择了白玫瑰，红的就是胸口的那颗朱砂痣。年轻就在于许多的选择，甚至选错了仍可以从头再来,因为年轻就是资本,生命就是财富。

许多时候,躺在床上,只要脑袋不疼,我便会坐起来,看书、写作、听音乐。在寒冷刺骨的早晨,我也不喜欢睡懒觉,只要一醒,定是一骨碌地爬起来,因为我记得父亲"笨鸟先飞"的警言,还有"大学宿舍者,青年人之坟墓也"的警世通言,所以我不把年轻的生命浪费在空洞的睡眠上。就算是躺在求索之床上,我也是应该遵守那"君子博学而日参醒乎己,则知明而行无过矣"的醒世恒言。现在想来,前辈古人的名言警句不无道理,所以它们才能流传下去,芳华百代……也不知道这过程中,影响了多少励志青年。

有时候真的不愿意去承认命运这老人家的魔力,但是随我慢慢长大,随我慢慢走过那段年轻,我便相信,原来真实的人生由奋斗和命运共同组成。一个再能奋斗的人,都存在着他所不能够拼搏的东西,比如说,一个人出身,比如说一个人的先天长相,比如,再比如……凡是经历过岁月洗礼的人,都会从记忆的沙滩上捡拾起刻有"宿命"的贝壳。没办法,上帝是公平的,活在世上的每个生命,都不可能成为它的漏网之鱼。同时,上帝在对你关闭一扇窗的时候,也一定又在另一个地方开启了一扇门。上帝让年轻的心经历挫折的同时,坚强会同一时刻弥补这份残缺。所以,我会以宿舍中年龄最小,而思想行为最成熟的身份出现。这一点也应和了佛家的因果关系原理。想起了《诫子书》中的劝告:"年与时驰,意与日去,遂成枯落;多不接世,悲守穷庐,将复何及。"生命的未知,正有待于年轻人大探索,而智慧正是那盏引导探索的明灯。

年轻人，祖国之未来，应该抱有"天下兴亡，匹夫有责"之心态，以祖国的命运为己任，怎能顾小家而弃大家呢？当前就业形势是渺茫，但是就是这激烈的竞争才推动了祖国发展的车轮飞速旋转，但如果每个年轻人都持弃权票，那激烈的竞争何谈而来？祖国美好的明天又该如何定位？

青年兴，则国兴；青年亡，则国亡。青年人的誓言就是祖国的明天。

PART 3
奔三·在路上

你的眼神

那天，擦肩而过，触到了你那漂亮的眼神……我那沉重不堪的心又开始豁然开朗了起来……于是，连续阴雨几天的心情又开始转晴了……

连朋友们都会豁然，这丫头吃错药啦，只有我微微一笑，只有我明白，只是一个眼神而已，只是一个漂亮的眼神而已……

几天都没有仔细打理的头发，也开始留意了，每次出行前都会把它们打理得一丝不苟；以前不爱照镜子的我，现在居然会把小梳妆镜天天放在挎包的口袋里；以前不喜欢看时尚杂志的我，现在每次走过报亭，都会在那里驻足；以前总喜欢穿休闲运动装的我，现在却也喜欢装扮得淑女……以前干练而雷厉风行的我，现在却也有了些许的温柔……

所有这些甜美的转变，都是因为你，因为那天邂逅你的那个甜美的眼神。

那天，我在食堂又遇到了你，可是，不知怎的，这次的我却有了些许的害怕，因为我怕，怕多余的东西玷污了记忆中的美丽。所以，我就装作了漠视……

心中不停地在打鼓，我在逃避吗？我在逃避什么……

回来之后，又躺在了我的"忧郁之床"上，回忆着这几天的忧郁之事。回味着记忆中的美，我后悔了……

我们还年轻，许多美丽都是可望而不可即的虚设，但也许正是这份虚假而不切实际的美，带给了我们完美而健全的心灵慰藉，填满了我们青春而不安分的残缺……

打开了我那忧郁的心结，我开始了真正阳光的生活。虽然，每次听到别人喊你的名字时；每次再触动你那漂亮而温柔的眼神时；每次又听到你那甜美而阳刚的声音时；每次望着你那单薄而瘦弱的背影时……我的心还会为你牵动……但我明白，我这份牵动早已被我掌控。我已经将你那经典的眼神，像琥珀一样定格在了我灵魂深处最圣洁的地方，永远不被玷污……

保佑着我快乐，积极地蜕变成生活中的阳光女孩……

PART 3
奔三·在路上

寂寞与年华有染

是因为单纯，所以才青春，还是因为青春，所以才单纯？是因为想你了，所以才寂寞，还是因为寂寞了，所以才想你？是因为落魄了，所以才无聊，还是因为无聊，所以才落魄？是因为释然，所以才堕落，还是因为堕落，所以才释然？爱太累，梦太乱，没有答案！伤太重，心太酸，无力承担！

男孩们在衣帽间里讲的事情，它们不是真的？但我还是期待着你是那男孩子们中唯一的埃斯佩朗莎（西班牙语的希望之意）。因为我还记得你说过的话。在我生日的那一天，你拉着我的手，悄悄地在我耳边私语：我喜欢你的黑色外套和那双黑色的小羊皮靴。那时，你许下承诺，在下一个生日的时候，要给我买一双尼龙长袜的。于是，我就抱着这个粉色的梦苦苦等待了 365 天。在这个美丽的梦里，有一所美丽的房子，有粉红色的鲜花和明亮的大窗，还有你可以两级并做一级跳上去的台阶！台阶上有一个等你到来的房间。当你把窗子打开，所有的天空都会涌进来。你的眼前只有树，更多的树，还有足够的蓝天。我们都默默地把眼睛闭上，做我们喜欢做的梦。

你带着我去乘船远航。在船上，你说，你要把整个冬天赠给我，把冬天里的第一场雪赠给我。一大片的雪花悄无声息地降落，迅速地堆满了大地！忘不了，雪花融化在舌尖上美妙的滋味，忘不了，你我心头，宝石般晶莹的雪花。在洁白的世界里，有雪人爸爸、雪人妈妈，还有一个纽扣做眼睛，棍子当手臂，胡萝卜是鼻子的小雪人。还有一个乐此不疲的你，乐此不疲的我。就是这个洁白无瑕的世界。

在圣诞夜里，我努力使自己入睡，只有入睡了，圣诞老人才会来。在无眠的黑夜里，我傻傻期待着你的惊喜。在我第二天一觉醒来，就看到了那个大大的苹果，在它的包装纸上写有这样的文字：这些日子，如果有个胖胖的小老头从烟囱上面钻到你家里，把你装进包袱里，不要慌，因为我给圣诞老人交代过了，我要的圣诞礼物就是像你这样的好女孩……

欣喜的泪水再也不能够遏止，激动的心情再也不能够掩饰。是乐极生悲的惩罚吧，梦里幸福快乐的女孩，再次清醒过来，又沦落回了寂寞。载着想法与希望，载着梦想与希冀，载着欢笑与泪水，独自咀嚼着寂寞……

可是，就算是在寂寞里，还是一样的有我有你，有我们共同的喜怒哀乐。在春夏秋冬的更替里，有我们共同喜欢的生命殆尽的颜色：

橄榄绿、朱砂红、青莲紫、群青蓝。这就够了，我并没有奢望着这辈子能拥有你的全部，因为我明白，你的许多东西根本就不属于我，就像我许多东西根本就不属于你一样。年轻的我们需要这种自由，需要自己自由的空间，虽然在这个寂寞的空间，我们还会有许多年轻的冲动：一个深情的回眸，一个黯淡的眼神。然而波澜壮阔之后，还会心平气和。寂寞，沉静的寂寞，才是生命的主旋律。

不是因为缺乏主动所以才失之交臂的，而是因为注定要失之交臂所以才失去主动的，我确信这是一条真理。那么就让你去忙你的事情吧，因为忙碌是个真实的理由，牵挂却是个不变的主题，常常忆起，却不是时时都联系，默默祝福，却不是每一次都送去。就让青春的你我在忙碌中寂寞，在寂寞中忙碌吧。

漆黑的夜里，唱着属于我们的那些寂寞的歌，回忆着那些甜蜜的日子里我的任性、你的宽容，体味着你的种种好。后悔成了整个心头最沉重的伤，尤其在这沉寂的夜里，孤寂的心，总在万籁俱寂的大海上漂泊，总也找不到心灵的港湾得以慰藉，船儿漂不到岸……是因为你的远走他乡，身居异地了吗？失去了一起在北京念大学的梦，也就意味着一起失去了我们的未来，我们山盟海誓的承诺，对吧？

我要独自享受这份难得的寂寞，在茫茫人海访问我唯一之灵魂伴侣。得之，我幸；失之，我命。没有你的日子里我真的很寂寞，但是我还是会忍耐住，就宁愿这样子失去了你的消息，都说距离产生了美丽，而我却看到了美丽背后的寂寞，看到了两颗寂寞的心在年华的背影里,向左走,向右走,从此分离……

无锡的你,仍会是我寂寞黑夜里的一道苦涩的回忆。谁让我们都还在青春的年纪,在寂寞的年华里?我放下一切负担,深深呼吸……

也许,在寂寞的季节里,寂寞与年华本来就是有染的吧。

挂在嘴角的爱有多深

　　有人曾经说过这样的话,其实成年人也期待浪漫,只是对爱情有了更淳朴的理解。爱不是言语的堆砌,而是每时每刻地付出,只有感觉到这种给予,被这一切所温暖,你才会有心力回报。这才是人与人真心相爱的赤子之心。在行动面前,语音永远都是脆弱的。挂在嘴角的恋爱,不谈也罢。

　　法国人德昂的绘本《亲爱的小鱼》,讲了一个非常可爱的故事:一只猫爱上了小鱼,每天喂它、吻它,猫把它放进大海,猫每天去海边等,猫并不知道小鱼会不会回来,那只是它的愿望,但是,当小鱼回到它身边的时候,它特别地开心。

　　现在,大势所趋,调侃与娱乐,使得大学生越来越关注一些成人话题。他们却又不伦不类地说"你们成年人,就是那么现实"这种逃避成人身份的话。难道只有成年人在判断是否被爱、是否正在收获爱的问题上是现实的吗，试问？

许多时候，爱的刻骨铭心是我们的福气。有多少爱那得回头看，才知道分量，给自己时间，也给别人机会，人与人的组合方式有很多，成为恋人只是其中的一种。

年轻藏不住。他也许不是我们最喜欢的人，我们也不是他第一个喜欢的人。我们也不是第一对走在一起的人。你看看，生活是不是很有意思，每天的生活都是那么千变万化。也许，他是忍不住了，所以，就挂在嘴角说了句喜欢你，但是，你一定不可以就此轻浮了起来，因为那只是挂在嘴角的爱而已，而真正深沉的爱是难以言表的，它深沉得足够让他去做决心，要优秀起来，要等待……

一个拥抱，一句挂在嘴角的爱，就以为拥有了整个世界，那是小孩子的思维。但是，许多成年人却也这么幻想，是不是很无奈呢。

一个人只能年轻一次，对的，一个男人，一个女人，能够真正地年轻一次就足够了。就是这一次的年轻，足以让他学会了去奋斗、去拼搏。许多时候，真正的爱，深藏心间，只有一个人懂，那就是自己。自己懂得是哪个他，激起了自己的斗志，但是，可悲的是，往往是这个有功之臣，却往往不是那个最后来享受的主人。这就是生活的可悲性。因为错位，生活是纵与横的一张网。等我们优秀起来，等我们准备好的时候，许多事情、许多人都已经不在了，留下的只有我们深深的内疚与遗憾。

没关系的，这就是人生，这就是成长，这就是传说中上帝赐予我们每个人的年轻。在我们年轻的时候，只有一个最喜欢我们的人，还有一个我们最喜欢的人，还有一个和我们走到一起最终和我们度过一生的人。而他们往往不是同一个人。这就是人生最矛盾与痛苦的地方。我们都得认命。

也许有一天，我们也必须陌生，就连好聚好散对我们来说都是一个神话，也许，只有陌生了，我们彼此才会舒服些，最痛的伤需要更痛的伤去治疗。这也许就是生活。

长大以后，为了理想而努力的道路上，我们也会感到一阵阵莫名其妙的空虚，但是要坚强。挂在嘴角的爱，不说也罢，不谈也罢，要真真切切地努力。没有也许，就只有要么我们狠心作个决定，选择默默地等待；要么就一起努力，共同创造一个属于我们的奇迹。永远不要什么模棱两可的答案。否则，最后伤得遍体鳞伤的将是我们自己。

PART 4

不勤奋的

拾荒者

一个女人的一生与几个男人有关，父亲，兄弟，恋人，丈夫，蓝颜，《因为有你》致我生命中第一个男人我的父亲。另外两篇写给曾经的他们。（如今他们已经被风吹走散落在天涯，那些笑容让我想起我的那些花儿，在我生命的每个角落静静为我开着，我曾以为我会永远守在她们的身旁，今天她们都已离去散落在人海茫茫，她们都老了吧，她们在哪里呀，幸运的是我曾陪她们开放。）

　　朝着梦想的方向行进，选择了一个起点，确定了一个方向，然后义无反顾地朝着一个方向匀速行进，一辈子选择一个行业无怨无悔，即使是辛苦的路途跪着行走也要将它走完。这就是一个虔诚的苦行僧的宿命。在年轻的时候，一个人与梦想私定终身，因为冥冥之中有种牵动，所以日出而作，日落而息，像个勤劳的女农夫。

　　友人曾经告诉过我，人生吃苦是一个常数，吃苦的人注定孤独，按照这个逻辑，人是注定了孤独的物种。在 20 岁的时候，我还想不明白很多人生的问题，不明白为什么自己会陷入一个孤独的怪圈圈，如今，我复杂过，从泥泞中走来，明白了晴朗的快乐。

PART 4
不勤奋的拾荒者

因为有你（写给父亲）

爸爸，今天您的身体还好吗？心情也还好吧？您的女儿想您跟妈妈了，好久没有跟你们通电话了，女儿最近在用心学习计算机跟英语，女儿记得您的话，如果再错过了这几年的青春年华，那我就算是真的无药可救了，所以女儿拼命地学习知识，不管是萝卜知识还是经验白菜都往自己记忆的篮子里装，年轻人要谦虚地向别人学习。女儿在心里发誓，一定要在3年内把新闻考下来，然后继续深造，青年人往往不是缺乏深处的目标，而往往是缺乏埋头苦干的韧劲，以及耐得住孤单心碎的寂寞，坐得住冷板凳。女儿以前自信于自己超强的控制力，而信誓旦旦地许下了一些不切实际的承诺，女儿知道那些虚伪的谎言一定伤害了您，您当初也一定预言到了这样的结局，结局在故事开始的时候往往也就有了预兆。但是您藏起了自己的心痛，埋葬了自己的怒气，再一次又原谅了女儿年轻的幼稚，每每想到那些无聊至极的青春以及不堪回首的岁月，女儿便忍不住潸然泪下。但哥哥，您一手调教出来的男子汉，却对我说，我并没有对不起谁，只要我对得起自己就行。这时，我的泪水就涨潮一样愈演愈烈，女儿感动、内疚，在泪水中交融着悲喜交加。您还告诉我男人与女人的区别，告诉我认真学习男人身上的东西，但是不要向往做个男人。"大男人不好做，再辛苦也不说"，女儿懂，您在教导女儿自立、自强、自爱，但是又担心女儿陷入了事业的旋涡而葬送了自己的幸福。在您看来，这种代价是种悲哀，您希望女儿长大了，把握住完美的尺度，做个完美的女人。都说父亲是本大书，需要儿女投入毕生的时间去解读，但有时候我想，就算我投入了毕生的时间都恐怕会漏掉许多章节的精彩，因为有许多隐藏在父亲背后的秘密将是我毕生的疑问，我可能永远都无法品读得到，这种沉甸甸的心痛与依恋的感觉，就是我生命里父亲的形象与定义。

今夜女儿夜不能寐，女儿在想您的教导，女儿似乎就是您的全部，您从来都不在乎付出了多少的财产，不在乎付出了多久的时间，但是您唯一祈祷的就是女儿能够健康快乐地成长。从小到大，您从来都没有不顾及我自尊的训斥，但您的话却像刀子一样扎进我的心坎儿上，痛到我的心里。今天女儿看到了这么一句话，跟您平时的教导很像，所以就记录了下来，"尝试着去接受，尝试着去面对，尝试着去承担属于我们的责任，尝试着去爱万物的存在"。都说父母是孩子的第一任老师，是的，因为从小从您那里女儿学会了拥有一颗感恩的心，与毅然决然的决定，同学们都说我行动力超强，只有我知道，小时候，您就告诉我，小女孩一定要干净利落，才会有人疼，有人爱，所以女儿从此便养成了一个良好的习惯，根据西方的蝴蝶效应原理，成就了女儿今天争强好胜不服输的性格，表面上看起来挺随和的一个人，骨子里藏着的却是暗自较劲的不服输。还有一个不是秘密的秘密，女儿越是长大，越是感觉到您教导的哲学性，您的教诲总是在女儿的经历之前。您不止一次地告诉我同样的话，女儿感激，感谢上帝赐予了我一个深沉的父亲。我有时候会想，等我出名了，就写本书《父亲的人生观》，也许那是以后的事儿了吧，但熟悉我的人都知道我有多么崇拜我身后的这棵大树。也许因为父亲的这些人生观而影响了今天的我，所以喜欢我的人首先应该感谢培养我的这棵树。父亲就这样子教导女儿只要肯吃苦，方法正确，坚持下去便是成功了。

当时间的小鸟一分一秒地划过，宿舍里舍友们均匀而有力的呼吸，让我在深沉的黑夜里触摸到了生命的坚强。此时的我，静静地整理着这些从心底里流出来的文字，静静地，几乎可以听得到自己的心跳。我不再用命运之类的去做我逃避的理由，每天太阳升起又落下，我想起了年年岁岁花相似，岁岁年年人不同。明天是周末，我打算去清华园陶冶情操去，最近一直在听与清华园有关的校园歌曲。所以我决定明天带上我的iphone就动身出发了。再去看一看朱自清笔下的"荷塘月色"，再去看看那"水木清华"，顺便咀嚼一下那些不堪回首的遗憾……

　　下午的时候，读了毕淑敏的《握紧你的手》，最后一个练习题是阅读全文，根据本文的写作技巧与思想内容写段鉴赏，我觉得这篇文章最精彩的是以命运和时间流逝为主线，写了一个青春女孩跟成熟女人两个时期对命运不同的理解，这是一种蜕变，由茫然自慰、懦弱逃避、愚昧自欺、怨天尤人到真正释然、清醒冷静的蜕变。算命的说："男左女右。"女孩，请握紧你的右手，千万别让它飞走！这又使我想起了前几天起笔的《与年轻宣言有关的碎片》中的"中国女大学生之婚恋窘境"。毕老师以自己的生活经历与经验为基点，向我们娓娓道来，感情真挚，引人深思。"就像生活中没有无缘无故的爱一样，生活中也没有无缘无故的幸运。对于一个女孩而言，也许无端的幸运是一场阴谋一个陷阱的开始！"这无疑是对年轻的我们敲了一次警世钟。小时候是女孩，长大了就是女人，自从有了亚当跟夏娃，这个世界就有了男人跟女人。相信自己水涨船高的点滴努力，而不是一味地幻想着等待一个虚无缥缈的巨人，然后站在他的肩膀上看世界。我想我需要做的是一棵舒婷笔下的橡树。爸爸，我想得对不对呢？每次我问您这样幼稚的问题，您总是笑而不答，时间会给我答案的。这就是您的答案。

　　有时候，女儿会去想，是什么让我有如此深厚的恋父情结，今天，我似乎想通了，因为您的身上有着女儿永远都学不完的哲学，猜不透的谜。总觉得小时候的时光漫长而快乐，长大了，事情多了，忙碌起来了,弹指就是一年的光阴,时间快得让我几乎停不下一秒的工夫来静静地思考,于是,这几年就是这么混沌地走过来了,忙碌是个真实的理由,思考却是个不变的主题。再也不能这样过,再也不能这样活。我要用自己稚嫩的笔杆记录下年轻时候那些心灵的泪珠。

写给方舒同

舒同，从 14 日到今天 19 日才 5 天的时间，而我却从顺义到海淀，似乎像是过了 1 个世纪，忍不住想要去上网，想给你发信息，想给你打电话，幸好每天都是忙碌的，否则，凭我的个性，我真会冲动地跑到你家楼下，大声地喊你的名字，你完全是我生命中的一个意外，就在我第一次去刚家时，刚一句半开玩笑的话，给我介绍个男朋友吧，然后说出了你的名字。我当时连考虑都没有考虑就拒绝了，"我很欣赏他，但是我不想浪费他的时间"。但是就在我回到学校后就后悔了，冥冥之中感觉到你应该是我所寻找的那种类型，一个有着父亲和兄长味道的人，一个对艺术虔诚的人，一个能让我怡然的人。所以我就找 JIE，给她发了信息，但是她却跟我装糊涂，不管是作为朋友还是同为女人，我一切都明白了，我的幸福与任何人无关，别人只是调侃，所以我不轻易相信别人的话，我只相信自己的眼睛。

我受过伤害，但仍拥有爱人的能力，并且更加懂得去珍惜，所以，我不允许把米饭煮夹生了，因为邂逅你是多么难得，我让自己忍耐，如果这点忍耐都没有的话，我如何支持你以后做事业。白玫瑰的花语是：我足以与你相配。我一定用最短的时间堵住别人的嘴，让他们觉得我是个绩优股。

昨天，我几乎跑遍了整个海淀，为了买两个笔记本：我要今年重新整理《大漠的泪》，删掉一些东西。以前它是红色的，现在我让它变成蓝色，红色是我喜欢的颜色，从网上知道你喜欢蓝色，人的某些爱好会变，你知道吗？那天我走在路上，好几次都忍不住想要给你打电话，我想问问你，还是喜欢蓝色吗？但是，我没有问。我忍住了。因为那天在刚家聚餐时你是穿着蓝色的毛衣，既然你还穿它的话，那就应该还是没有改变。再说，我觉得你应该是个不会轻易做出改变的那种人，我的感觉对吗？在你说别人讲究的时候，你也告诉了我一个信息，你的内心也很讲究。空间的距离不足惧，但是，如果心灵产生了差距，那还扯啥？有时候，功夫不负有心人，我逛了许多店，就在最后快要放弃的时候，我在人大附中看到了目标，就是现在用的本子，不知道你是否喜欢，我告诉自己这是我最后一次整理《大漠的泪》，以后就用这种本子作为手写板的备份。

还有昨天逛街想买玫瑰花的十字绣，但那只是一个钱包的十字绣，不知你是否喜欢，但别的实在太难看了，所以就把它买了下来，再说我就只有这一周会有空闲时间，以后就没有时间了，虽然这是高中女生应该做的，但是我不想让你少了一个男生应该有的回忆。还有许愿瓶，我没有买到理想的，《浪漫满屋》那么大的，可以装好多千纸鹤的那种，我会留意的。从 2009 年 1 月 14 日，以后每天都叠一只千纸鹤，以后每次见面的时候给你，直到我们结婚的那一天。

我还给你亲爱的妈妈买了一条围巾，但是买的时候，好像忽视了一个问题，好像太大了，以后有机会我陪你妈妈逛街时再给她老人家买吧，我会做个懂你、漂亮聪明又会赚钱的好媳妇、好妻子、好妈妈。我也会以最快的速度把父母接到北京来。一个朋友曾经对我说过，感情的事情得随缘，缘分来了挡不住。你不在我的计划当中，但是却意外地走进了我的生活，而我决定去追逐，我想要抓住这个意外，让意外成为永恒。当你说你喜欢贾樟柯的时候，我就什么都懂了，一个身材不高、极其健谈，讲话却一针见血的国际导演。一个不愿意随俗，不想表现得玩世不恭的人。他的人同他的电影一样，让人感到真诚，一个不愿意做主流话语权的附和者，只想用自己的判断力和认知去发出声音的人，一个爱拍电影和喜欢电影的人。这种味道哥哥身上也有，我从你身上也闻到了一样的味道。一个总是轻声细语，但是语气里却带着刚毅的人。我欣赏哥哥那样的男人，我也懂我哥哥需要一个什么样的女人，所以，我深知选择了你意味着什么，永远的信任和支持，任何时候都不去伤害你的自尊和尊严。这是他人给不了我的东西。我是个做事情很谨慎的人，我的计划性很强，所以每次在临走之前，我都会交代下次见面的事情，时间久了，你就会懂我的。努力追求理想，我不会有什么损失，只有收获，我们需要勇气来毫无退让地面对未知，并采取行动对抗心中的恐惧，而克服恐惧的秘密就是去做你自己所恐惧的事情。

知道我为什么让你喝枸杞水吗？因为它可以延年益寿。有人说，认真的女人最美丽，我希望我把我对生命的这种认真态度传递给了你，祝福你的父母、我的父母，祝福他们都要健康长寿。

人的潜力是无限的，尤其是女人。生命是可以无限延伸的、多姿多彩的，只要内心充满热情与梦想，成功绝对不是偶然的，就如同寒冬里的梅花般，势必要经历一番冰雪的洗礼，它才会绽放最为耀眼的花朵。成功绝对是给坚持到最后一分钟的人的。知道我为什么告诉你，你很有耐心吗？不是轻浮地抬举，也不是随便的溢美之词，而是我心灵的一种祈祷，你懂吗？我们需要足够的耐心。我好想告诉你请不要去相亲，趁过年走亲访友的，但是我没有，因为我坚信，是我的终究会是我的。如果这点自信和魄力都没有的话，那么我也就不配和你牵手了。

我们的人生才刚刚开始，我在送你回家的那天晚上告诉你，如果我早一点认识你就好了，真的，如果我上高二的时候就认识了你，那我现在肯定不是这个样子。曾几何时，我输掉了高二，输掉了高四，那个时候，年轻的我，便以为输掉了整个世界。但是爸爸告诉我，我没有从前，只有未来。我可以放下一切，从头再来。只要我还愿意。

输在了起跑线上的我，却不想认输。人生没有如果，上帝让我邂逅了你，在这个有些相见恨晚的时候，我依然感激，感恩于我的命运。我要不停地奋斗、飞翔，把我该做的事情做好、做完。然后今生今世跟你学艺术，在最快的时间里让自己退休，虔诚地跟你学画画。我最终的梦想是要回归到艺术上来，久违了，我的世界，我的梦。其实，艺术是相通的，因为我有颗虔诚的心。

舒同，知道我为什么喜欢哥哥跟你身上的味道吗？因为你们身上有种我永远都不会却愿意一辈子去追随的东西。至于它是什么，我自己也没有琢磨透。一种坦然、一种韧性，抑或是一种释然？一种无法言语的味道。这种熟悉而又陌生的味道就像是我若即若离却从未真正读懂的父亲一样，所以我听爸爸的话，永远。

我集子中的所有文章都是水到渠成，自然完成的，我不会为什么而写文章，而"少年不识愁滋味，为赋新词强说愁"。当然，也包括这篇文章。这是我一个平静的创作状态。我自己的生命里已经有太多需要去记录的美好。人生每一个年龄阶段都有许多不同的作品。它可能冲动、生猛和不成熟，但是那就是生命的印记，所以我选择了记录。奔三之年，还介于成熟与青涩的年纪，满腔的愤怒、浪漫、幼稚以及那个年龄段所有的一切。如果没有记录，那将会是多么遗憾。这些文字都是感性的倾诉需求，就像是一个自然分泌的过程，不吐不快……

你说你是个贪婪的人，爱情、家庭、事业，你都想要，但是不会极端，对待婚姻比较慎重，说不会给婚外情、一夜情留有空隙，你对未来婚姻的质量要求其实是特别高的，这个我读得懂。"做你妈的好儿媳妇，做你孩子的好妈妈"，亲爱的，怎一个好字了得？

我欣赏你的另外一个原因是因为你很厚重，这一点你跟哥哥也很相似，哥哥也是大学学的中文，因为爱好写作，所以才去了武汉（因为武汉出作家），但是却不怕年龄已大，又发现其实自己更爱好音乐，所以又勇敢地去追求他的音乐梦想。我也不是个一帆风顺的人，虽然我也一直很努力，这就是为什么我不会很欣赏刚的原因，因为逆境会比顺境更磨砺人的意志。年轻的时候，生活太安逸了，注定不会有多大的成就。因为大器总是晚成的。人都是经历过了之后才会有所收获的，捷径得来的喜悦就像是根基还没有打牢的漂亮房子，是经不起大浪淘沙、风吹雨打的。也许因为我是女人，所以我更看好我的青春，这是我最终放弃画画的原因。但是，现在想来也许从我高二北上天津南开，与北京擦肩而过的时候，我就已经错了。我爱北京，爱北京的艺术，我在想，我要不要像你们一样，从头再来，创造一个古城一中的女状元传奇，但是我是女孩子，我输不起拓荒的青春年华，我选择了放手。我要追求就要追求一种卓越的东西，绝对不可以狗尾续貂。人生苦短，一定要做自己喜欢做的事情，在自己还能做的时候，哥哥对我说过类似的话。在我人生最不如意的时候，哥哥告诉我要坦然地笑对生活，我爱我的哥哥，我要对哥哥说：我会跟未来的嫂子一起好好照顾好你一辈子。来人大我选择了自己喜欢的新闻专业，就像是热爱艺术一样，我也热爱文化传媒事业，所以我相信我会做好的。当时爸爸让我自己选专业，而姥爷是山大中文系毕业的，他以一个过来人的身份告诉我，我学这个专业将来在北京很难就业，如果将来没有足够的金钱支撑和强硬后盾的话。而我却坚信自己的努力定能闯出属于自己的天空。总有一部分机会是留给那些勤奋跟努力的人的，并且我确定这才是大部分的机会。所以，选择了，我无怨无悔。像当初明明能用文化课考古城一中，但是我却无怨无悔地选择了艺术一样。中考前所有老师同学都很惊异，而妈妈也曾经找我面谈了三次，想清楚了，绝对不做让自己后悔的事情。自己选择的，到时候不要责怪父母没有提醒自己。

我独特的家庭环境和个人经历成就了现在的我独特的性格。父亲经历了一辈子却没有攒下一分钱，因为父亲是个偏文的人，是经不了商的。当年妈妈也应该算是半个大家闺秀，但是却被父亲一个卖火烧家的穷小子的才华所折服。父亲年轻的时候人很帅气，字写得漂亮又有魄力，他们俩一辈子夫妻却从来没有红过脸。他们是我们的榜样。所以我觉得妈妈是这个世界上最幸福的女人。以后，我也要找一个像父亲或哥哥那样子的男人，我记住了。

高三那年，我邂逅了林海，那时候，拿到了广美的造型学院的专业证书，却没有珍惜这个机会。事情都过去了，我可以告诉你原因。虽然我很不愿意提起，但我觉得你应该知道吧。你是第一个知道的人。我的父母也不知道事情的真相，妈妈只是认为我跟林海早恋耽误了前程。我们当时都还年轻，我是个不善言语的倔强的女孩子，那时候我因为家庭条件不好，总是被班上别的女孩子欺负，我们班前几名几乎全是女生，我的成绩就是总是落下第二名50分左右的，那时候我也不知道为什么就是不爱说话，总觉得就想一个人待着。而林海就是在这个时候来我们班插班复读，他对我比较照顾，我也利用自己唯一的优点帮他补习数学，但是班里很快就有同学说起了闲话。我很固执，我以为我回家了就可以躲得过别人的闲话了，那个时候就是这么想的，人言可畏。回家了，我在家里却研究起2006年的畅销电视剧《我们无处安放的青春》来，直到高考前几天才回到古城一中。一天都没有在学校复习，就这么参加了我人生中决定我命运的第一次高考。第一年高考成绩431分，成了班级第三，以前我的最高纪录是703分，破重点线690的。438分是那年广州美院的山东录取分数线。我是不是很傻？那段日子，是我生命中最孤独无助的时刻。这是一段不堪回首、狼狈不堪的岁月。但却是一段真实而厚重的回忆。一段靠意志力支撑的日子。医生说，因为我精神紧张，但是却不懂得发泄。

后来，因为朋友介绍我就去了新起点画室，那一年新起点格外冷清，只有几个学生也都不怎么用功，一般只有我一个人，守着空空的画室，我找不到我自己的未来。林海那年也从418分跌到了367分，发挥出奇地糟糕，他也就没能够如愿以偿地去北航，而是去了无锡，江南大学，去学习国画专业了，一个我钟爱的专业。《临徐悲鸿群马图》《秋色》《三猫争雄图》是我初中时最得意的几幅中国画，当年在古城还小有名气，但是可惜的是没有留下底稿和底片儿，现在只有秋风扫落叶，留下回忆的碎片了。

在复读的那一年，我一个人去了潍坊，在潍坊的日子，新的环境让我不再压抑，却也多了几分陌生的恐惧。我原本是个非常胆小的人，受别人欺负了，我不懂得去反抗，我怕父母担心，那段日子真的好想逃亡，想逃亡到一个没有人认识我的地方。那段日子，不能笑，不能叫，不坚强却要装作坚强的样子。疯狂地写日记，疯狂地看书，疯狂地发泄，画画的时候，手会颤抖，因为心在颤抖，灵魂在流泪。

那时晚上，我告诉你，我走了很多很多的弯路，许多时候，夜晚，我一个人在古城郊外的路上，我不愿意回宿舍，我就想一个人躲在角落里，那段时间现在想来真的很无助，来北京大一却稀里糊涂、误入藕花深处进了商学院学了一年的工商企业管理，大二终于才转到新闻学院学习新闻。一半宿命，一半努力。经历之后，我更加疼惜我自己和珍惜我的未来。这就是我，一个相信点滴奋斗的女孩，一个勇敢坚强超乎自己想象的女孩。

来北京也没有让我的生活平静下来，突如其来的打击，差点让我崩溃。2007年8月15日我第二次来到北京（2007年1月初，我第一次来北京，去参加清华大学艺术生冬令营）。然后我马上去军训，回来的时候，我就过敏起了满脸的痘痘，这件事情到现在也是我不解的事情之一。对于一个19岁的女孩子而言，我要疯了，当时我也不知道这长痘痘的原因，我打电话跟妈妈说，父母都不相信。直到国庆的时候放假回家，他们才认识到问题的严重性。然而爸爸却对我说，孩子别怕，少年得志不是福，年轻的时候多点磨砺是好事情，记得那天晚上，我哭得稀里哗啦的，父亲不说话，母亲就默默地为我擦眼泪。

父亲说，他会把我培养出来，只有我努力，我争气。这就是为什么从 2007 年国庆回北京之后，我有勇气顶着满脸痘痘在北京做兼职的原因，以至于现在我忙碌的脚步停不下来。也是为什么我的网络签名一直都是"听爸爸的话"。人生路途上的大小挫折历经时间的洗礼，所有的挫折都是化了妆的祝福。作家海明威说："世界打击每一个人，有人却在伤口处变得最坚强。"

放下很重要。成功时，要懂得放下成就；失败时，要懂得放下落魄。昨天的好与不好都要放下，因为昨天的成功与失败都已经离开了。舒同，如果以后有机会的话，我想要跟你学习油画，以前受姥爷影响我喜欢篆书、国画、水彩，但是现在我更喜欢油画了，因为不论是国画还是水彩，一笔画错了都很难再有补救的机会，而油画则不然，只要有足够的耐心，等油画干透了画不好的部分还可以重新再来，依然有补救的机会，我喜欢油画的哲学：先前失败的笔触完全可以被后来的颜色覆盖，这次画不好，隔几天再画，永远不必对画布绝望，如果整幅画都不满意，很简单，我可以再涂上一层新的底色，让画布归零，我可以重新再来，画布有了第一次的画做底，保留的质感会让第二次作画的效果反而更加，每一次的归零不是回到一无所有的原点，而是在已建立的基础上重新出发。我可以这样子去理解油画的归零人生观吗？

在童话故事《青鸟》中，为了寻找幸福的青鸟，两兄弟离家出走，历经千辛万苦的磨炼，无功而返，没想到，青鸟就在自家的后院里，快乐是什么？幸福是什么？我认为当自己快乐、家人快乐，也带给工作伙伴快乐，所以点滴的快乐累积起来就是最大的幸福了。"要幸福哦"这句来自日本偶像剧的道别语广为流传，听到这句叮咛，我的心头会暖暖的，我相信只有自己努力，应该会抓得住幸福，品尝过一些人生百味后却又觉得甜蜜酸楚夹杂，人生的幸福岂能完全操之在己？努力哪里一定会得到回报？

古人用"见山是山，见山不是山，见山又是山"来形容一个人在不同阶段，置身于同样的情境却因阅历不同而会有不同的人生体会。我的解读是初出茅庐时，满怀雄心壮志，一心想要攀登事业高峰，目标很明确，就是爬到最高点，这是看到山就想要征服的第一个阶段。"见山是山"，我是处于这样一个阶段的。

待到有些年纪，历练渐长后，经历残酷的考验、难堪的挣扎后，有人终于攀上了顶峰，见到了居高临下的风景，"山"是他们更上一层楼的踏脚石，油然而生"登泰山而小天下"的远大气概；但也有人在登高途中被荆棘所伤或巨石所阻，撤退下山，此时，山成为了阻碍他们前进的天敌。不管征服成功与否，对"山"的看法毕竟已经不同了，这是"见山不是山"的第二个阶段。你跟哥哥是处于这样一个阶段的人。所以，我想要追逐你们。

第三个阶段是已经到了人生的成熟期，云淡风轻了，该努力的努力过了，成就了什么，成就到了哪里，极限何在都已经有了定数，又能以比较客观的角度看待山的存在。不管是选择缓步上山，沿途欣赏风景还是远观风景，山已回归它本来的存在。那"见山又是山"是我们的父母应该有的阶段。我们都要追逐和等待的阶段。即中国台湾作家林清玄人生境界"桥上、楼上、云上"最高境界之"云上"。我们都需要先走到桥上，再爬到楼上，最后才能飞到云上去。我想要让自己变得很轻很轻，和你并肩一起飞翔。

我是一个独立的女孩，我独立但是不强悍或者咄咄逼人，从小父亲就很注重培养我这种独立的品质，使我懂得无怨无悔地为家庭、为爱的人付出，不管付出的是金钱还是精神支援，那都是我充分拥有的不是"透支"而来的东西，使我不会害怕因为付出而匮乏。这是我身上别人学不来的女人姿态。

写给 Camel

亲爱的，真的很感谢传媒的李建立老师，他从姿态上教会了我不按常规出招，同时，也教会了我剥掉人的虚伪面具，君子坦荡荡。今天在广告学课程上课间休息，我坐在那里吃汉堡看《写给我的孩子（五）》，他主动过来跟我搭讪，问我在看着什么书时，我没有告诉他，只是讲一本集子，因为这是写给我的爱人和孩子看的，任何人都无权问津。老师讲，我是一个有心机的女孩子。我问他怎么看出来的，他就不回答了。他告诉我看《西西里的美丽传说》这本书，它会教会我读懂男人。同时，他讲让我追求做一个单纯而完美的女孩儿。我马上就想到了你所讲的圣洁。

今天讲色彩广告时，老师讲到自己最喜欢的颜色、最适合的颜色以及看待朋友和恋人的颜色，我想我以前喜欢红色、黑色、白色、绿色,那时的我喜欢艺术多一点,而现在喜欢金色、咖啡色、黑色、白色多一点,也许是向往追逐成熟的过度吧。在我的概念中朋友都是天蓝色的,让我很明朗;而恋人则是荔枝红,那是心头永远的朱砂痣。

亲爱的,你知道吗?你就是我心头的朱砂痣。我一定要让我的名字响彻全中国。我不知道你为什么突然把你的名字"错错"改成"Camel"了,是因为你想成为骆驼吗?骆驼有什么品性我一直想去图书馆查阅的,因为最近的话临时没有空闲时间,所以只能凭空去琢磨了。有句话是怎么讲的:瘦死的骆驼比马大。所以,伟岸、强悍应该是它给我的第一印象吧。

今天,李建立老师也有讲到真正的男人,打过仗的男人是真正的男人;做过期货的男人是真正的男人。你讲过你不喜欢的事情你也会去做,因为你是个男人,男人非经济即政治。自助者天助。回想起日本经济学家野口攸纪雄的"在纵的社会里横着走"的人,我更加坚定读经济学的志向。因为我确信有一天我一定可以真正意义上帮助到你。我还记得你说过的那句话:30岁的时候就会结婚。而在这之前,所能做和所要做的事情就是让自己"丰满"起来。在这一时刻到来之前,在感受到你有力的心跳之前,应该感悟孤独、品味寂寞,因为那头的你也一样孤独寂寞着。拒绝别人的施舍,不跟过路人"聊天",因为这种感觉足够深沉。

亲爱的,今天下午在菜市口牛街步行,我不会觉得累,我知道或许我应该更好地爱惜一下我自己,但是因为过度地渴望所以才会不顾一切而勇往直前的。还有那里的清芷园，实在太美了。要赚钱的渴望从来没有这么强烈。如果客观条件允许，我反倒担心起自己不够矜持了。但我毕竟是个女人，我感悟到你又稳重了许多，那天晚上，因为心情太迫切以至于没有踏下心来用心和你沟通，我只关注我自己而忘了问候你最近的情况，你最近还好吗？会寂寞吗？那次你讲："来吧，姑娘们，老子不怕你们"时，我回你："瞧你那点出息"让你难堪了吗？其实，我知道你是个好男人，心中拥有自己强烈而执着的东西，而我想要钻进去。"不和深夜了还在街头摆摊的小贩讨价还价""给街头卖艺人零钱"这是你讲的话。亲爱的，我记住了。真实是新闻的生命，而对于你，我希望是一个知音，有一天读懂你，真实的你，我心疼的你。工作方面要用最短的时间做到最好，其实，许多时候好想给你发个信息，好想靠在你宽厚的肩膀上，轻轻地依偎着你，闻一闻你身上的阳刚之气，听一听你左边的心跳。还是忍不住给你发了信息，是因为内心真的十分渴望。那边的你可以接收到我的这份思考：今天广告学的老师讲做过期货的男人才是真正的男人，但我知道这个市场变化无穷，再聪明的人也难以永远稳操胜券。但知识的力量是无穷的，我们毕竟还年轻，应该闯一闯，我们都有太多的东西需要时间与经历的打磨。没有任何捷径，只是像你所讲的那样以苦为乐罢了。我现在才开始慢慢读懂，人活在正确的想法里时辛苦一点也会很幸福。祝你幸福。

我想跟你聊天了，但我知道你最近很忙。想让时间快一点过。我怎么也没有想到有一天我放下了画笔，学着别人做起了生意。现在对经济学跟新闻专业的渴望也与日俱增着。朋友再多，也还会寂寞；事情再多，也还会空虚；玩得再欢，也还会失落。莫名开始越来越严重地恋家。虽然相隔很近，但是就想飞回到父母身边。

想了，想要。许多时候，都是因为我们想了，所以才去做了。现在的你我知道最关键的创业期，我会一直站在你的身边支持你。你曾经跟我讲你是个感情细腻的男孩，还有你对文字也同样敏感，我确信你也感受到了我的内心。轻轻地躺在我的床上，暖暖的毛毯让我想到你宽厚的胸膛，把我的脸轻轻地贴在你的胸膛，暖暖的感觉。

人的思维、眼界是不断地被放大的。亲爱的，我知道，有一天我还会认识比你还优秀的人，因为我的专业跟工作的关系，但是，我深深地明白有些人是不能够被代替的。我随时准备好了去抓住我们的幸福。

我虽然不知道你具体想要的是什么，因为我从来都没有问过你，但我确信你也一定需要些东西。奇迹是执着靠着信念的驱动造成的。蜘蛛不会飞翔，但它能够把网结在半空中，它是勤奋、敏感、沉默而坚韧的昆虫，它的网织得精巧而有规律，以八卦形张开，仿佛得到神助，取得这样的业绩使人不由想起那些沉默寡言的人和一些深藏不露的智者。我一直都相信那句话：命运其实一直都藏匿在我们的思维里。

英国作家巴里曾经说过这样一句话："魅力仿佛是盛开在女人身上的花朵。有了它，别的都可以不要；没了它，别的都起不了作用。"

个人魅力是一种神奇的资源，它能让一个外表平凡的女子焕发出动人的光彩。在许多场合下，当人们的谈话陷入僵局之时，聪慧的女子能够轻而易举地使整个局面得以改观。也许她们并不美丽，也并不年轻，但是她们能将每一个人的目光都吸引过来，成为大家都追捧的对象。

拿破仑·希尔指出："有魅力的女人，人人都爱和她交朋友；和有魅力的人相处总是愉快的，她好像雨天的太阳，能驱除黑暗，人人都乐于为他做事。她也能让一个人做别人连做梦都想不到他肯做的事。一个人能否成功与个人魅力有着密切的关系。那些能成功创造财富的人，往往都拥有迷人的个性。良好的个人魅力是一种神奇的天赋，就连最冷酷无情的人都能受到他的感染。"

自从脑袋中有了你所形容的心爱的女孩的那个词：圣洁。我便经常去想对于这个词的进一步诠释。天真一点，在天真的女人的世界里，美好将是生命的主旋律；成熟的女人最美丽，成熟女人是天真的升华，成熟的女人在不经意间经常会流露出智慧的光芒，但成熟的气质并不排斥天真，成熟了便会明白，什么时候应该纯情似水，什么时候应该含而不露，成熟了，就会懂得付出了真诚未必就能收获真心，献出友谊也许得到的却是伤心的泪滴；快乐的女人最美丽，人生多磨砺，成长的艰辛、生存的不易加上种种违反天性但不得不遵守的规矩，构成了人生的严酷和无奈，但快乐的女人还会成为一个快乐的源泉，她周围的人也会受到她的感染而感受得到生活的美好；有爱的女人最美丽；有激情的女人最美丽，有激情的女人认可故事结局的平淡，但是会渴求每一个细节的生动。女人有了激情，生命才会精彩；善良的女人最美丽，善良的女人总是想着为他人排忧解难，给他人送去温暖，人生就是一场战争，在这场输与赢的较量中，永远都只有这两个结局，没有模棱两可的第三方存在。

今天下午去中关村图书大厦翻阅了女性成功学方面的书，始终还是认为自己读的书太少了，要不断地去丰富。书上说，女人眼中的完美男人的标准是：有钱、有房、有车、体贴、成熟、有名誉、神通、高大、英俊、敏感、可爱。仔细对号入座，好像你都拥有了；但看看自己，需要打造的还很多：温柔、气质、知识、魅力、善良、快乐、自信、独立、人脉。我确信我是一个好命的女人，我作为一个女人靠什么赚钱呢？赚钱就是赚别人的钱，如果不与人"交往"，那怎么赚别人的钱呢？同时，我考虑的一个问题是不仅经商了才考虑为人处世，下功夫搞好人际关系，做传媒一样需要广建人脉。哥哥一直劝我做靠谱的事情，我也想一定要从现在开始以一个 CEO 的身份来安排自己每天的行程。一件事情可怕的是我们不敢去想，其实作为女人头脑比胸部更重要。

亲爱的，成功之前作为一个男人，忍受孤独寂寞是必经之路，你必须耐得住寂寞，抵御住各种诱惑。作为一个男人，你承受着太多的压力，就像是拈弓搭箭，如果绷得太紧了会断；如果太松了，又不能够射到理想的距离。好在你保持了男人的天性，孩子气的可爱。这样子你就可以放松发泄一下，而耶和华用泥土创造了男人，又取男人的一根肋骨创造了女人，女人是用来陪伴男人的，并且是男人身体的一部分，所以男人爱惜女人，应该像疼惜自己的身体一样。

其实，现在我已经不能完全记清楚你的样子了。我常常想，如果多久不见一个人，那么就会忘记了他的样子呢？我确信你也不能够完全忆起我的样子了吧。但是我的内心确实是这样真实的感受：我愿意破茧成蝶向你飞，无论风雨都无阻，并且多远都不累，我愿意破茧成蝶向你飞……

一个聪明的女人不会一生只爱一个男人，否则就会爱得太伤痕累累了。我想告诉你亲爱的，许多时候，女人是"因为懂得，所以慈悲"，因为爱你才让自己变得如此谦卑的，只有优秀的男人才会去珍惜这样的极品女人。因为对于人的一生而言，一个女人邂逅了一个好的男人，那也是幸运，而一个男人寻觅到一个好的女人，那也是幸福。

对于现在的我而言，你是我近几年的一个灯塔，也许我们没有可见的未来。因为逻辑上可行的在现实生活中还具有一定的挑战性。三角形的内角和在大多数场合下不是刚好180度的，两条平行直线在无限量延伸下去也总会相交。这才是生活，现实的生活。

亲爱的，其实想跟你聊聊天了。你最近忙吗？最近还好吗？想给你发信息了，但是还是没有发。因为我知道，没有结果的事情，冲动了就是魔鬼。我知道如果将来和你站在一起的话，除了美丽，更需要智慧。一定要把养生学学好，在你知道我贫血后，会马上把贫血的偏方发过来的人是你，我不知道巧合还是什么，单看这一点就知道你很体贴，我一定要好好地爱惜我自己。

再读周凯旋。我希望能从中找到更大的差距，周凯旋是那种充满魅力的女人。

周凯旋有着从普通公司职员到上亿身价女富豪的传奇经历，而完成这个跨越的在于她出众的能力，也在于她爽朗的性格。她依靠自己的头脑起步，依靠自己的能力获得赏识，用这些资源，她铺就了一个广阔的平台。她有独立的思维，同时又有超强的沟通协作能力，她有积极而淡然的态度。如果用一个词来形容她，只能说：魅力。周凯旋是原TOM公司的第二大股东，TOM私有化之后退出。创办周凯旋基金会并担任李嘉诚基金会董事。曾被《华尔街日报》评为2006"亚洲商界女性十强"之一。

提到周凯旋，谁都不忘了说一句：董建华和李嘉诚是她的朋友。但是周说："我不是他们的附属物，而是一个完整独立的个体。我朋友圈里，每一个人都是一个完整独立的个体。"

20世纪90年代初，周凯旋是董氏集团一家公司的董事，负责中国投资项目，日后成为香港特首的董建华当时还是董氏集团的董事长。在董氏集团里，周凯旋是个外人，在许多方面周凯旋吃亏不少。

施南生是香港电影界很有影响力的女经理人。在香港商界、社交界拥有深厚的人脉。名不见经传的周凯旋向施南生自荐，说能帮她把电影卖到欧洲。施南生出了名地求才若渴，她欣赏精明过人的周凯旋，两人很快成为了好朋友。在施南生的扶持下，周凯旋渐渐进入上层社交圈。除了结交香港及东南亚各路商家外，她还结识了另外一位朋友张培薇，她正是东家董建华的表妹，对董事长的影响力很大。

接着，周凯旋无意中开始了对她一生中影响巨大的"东方广场项目"，她和张培薇为董建华下属的东方海外公司寻找地产投资项目，完全靠直觉在北京长安街上找到儿童电影院，却发现按照政府规划，必须要在周围1万平方米的面积上整体开发，于是两个女生从一幢小楼起步，做成了一件轰动的大事。周凯旋全面吃下王府井至东单"金街"与"银街"之间的10万平方米的黄金地段。之后，毫无地产操作经验的周凯旋提出了全面开发新东方广场街的规划，并用了半年时间迁走了长安街上20余个国家级单位、40余个市级单位、100余个区级单位和1800余户居民。

在作这个大决定的过程中，董建华给了周凯旋充分的信任。至今，周凯旋也没有弄明白这种信任源自何处。只好认为是董先生这类大人物的一种独特的直觉。周凯旋说："我现在都很感激他，因为没有他当初给我的机会，就不会有我今天的成果。虽然，我自己也在努力争取，但是门是他替我打开的。"李嘉诚和周凯旋认识是因为董建华希望与李嘉诚的长实集团合作开发这个庞大的项目。周凯旋说服李嘉诚为此项目投下20亿美金，并且最终取得4亿港币的酬劳。事后，周凯旋回忆说："这件事情前后做了5年，赚到了我人生的一大笔钱，拿到现金的当天，我把香港最繁华的中环地区每家店铺都逛了一遍，每一件昂贵的商品我都买得起，但是我没有买。"周凯旋忘不了那天那一刹那的感受："心里觉得很富足"。

东方广场项目艰难地完成后，周凯旋声名鹊起，集团提升她做公司董事，但是周凯旋却主动放弃，这令董建华觉得很奇怪，周凯旋解释说："外表看起来很光荣，其实在我心里是一个包袱，一个很大的负担。对我来讲，其实最重要的就是从这个项目汇总拿到应得的报酬。"

随后，周凯旋的商业策略能力再度让"李超人"刮目相看。1999年互联网热兴起，李嘉诚听从周凯旋的建议，在2000年3月力推TOM网上香港创业版。据当时报道，李、周二人合作创TOM网时，后者仅以30万港元入股，结果上市以后身价飞升至最高127亿港元，2007年TOM在线私有化，周凯旋套现6亿港元。周凯旋的眼光让她的财富再度增加。

不过，周凯旋并非止步于商业。周凯旋基金会于1996年8月28日成立，以"促进普及教育"为使命，希望能帮助到更多的儿童享受到更好的教育。现3G门户网张向东在曾经的记者经历中采访过周凯旋，他描述道："以自己的名字命名这个慈善基金会并不像是周凯旋的惯常作风。"周凯旋对此解释说："这个问题其实我思考了很长时间，但我想过，如果连我自己都拿不出勇气来，那他们怎么接受我的帮助呢？他们怎么能以后有勇气去面对别人的目光。"

周凯旋在社交场合通常是一身职业装打扮，20世纪90年代，在董建华公司任职时，还曾经留过短发，让人难辨性别。她干练的风格的确让自己在这个属于男性的商业世界更为顺利。但是周凯旋其实乐于接受自己的女性角色，她说："女人最大的悲哀是很忙？就是你不想承认自己的性别。很多女人觉得，她们生活在一个受歧视的社会里，所以她们花很多精力去克服这种歧视，大大小小的事情都会努力去争取，我很开心，我是一个女人，我只适合做一些女性的工作。但是，如果你心胸宽阔一点，你不认为这是歧视。我差不多是个隐形人，但太多人看着我。这是我自己选择的人生，我要为此付出我的代价。"周凯旋始终认为，自己是个很独立的人。

"在男女之间的感情上，最靠得住的感觉是你是不是我不可替代的朋友，这是原则。你有这样一层的关系，你是什么都不怕的，才能令对方长久眷恋。其实，这很简单，但是很难做。""什么叫朋友？可能有一个最简单的回答：站在你旁边支持你。这个人永远都不会伤害你，永远都在尝试着了解你，给你一个恒定的信心。"周凯旋开心地说。

对于女性的成功，周凯旋认为："我认识很多成功的女性，我发现成功的经验基本上是相同的。我们只要把着眼点放好，努力争取一个结果，一切都会随之而来。"其实这些话你也都对我讲过，可是那时候我还年轻，以至于不能真正理解你所说的。我一定要让自己做个有品位的聪明的女人。以前的我太不爱惜自己了。现在一定要加倍地爱惜自己。爸爸讲，许多东西是教不会的，要自己去品。女孩子要自强、自立、自爱，勇敢地追求自己的幸福。实力产生尊严。一个女人的实力是性感的身材、洁白羊脂的肌肤、姣美的容颜、稳定的工作、流利的口才、不凡的品位、知性的头脑、温柔端庄的性情、大气的胆识、独立的生活圈、快乐的心态、积极的思维、善良的心地、优雅的举止、虔诚的忠贞、个性的执着。我要做到。这是成功女性的魅力资本。

前两天看了本书叫《男人来自火星，女人来自金星》《男人女人》，其实从性的角度上去看待男人与女人，刚开始学艺术的时候就很敏感而兴奋的话题，让我有了一种想去探究的冲动。人生其实有伴也会寂寞。从现在开始我有了集书的一个嗜好，家居方面的书、艺术方面的书、哲学、文学、财富经济、新闻传媒、投资方面的以及外语方面的书，还有电影。早培养自己的一些兴趣爱好也好，书籍是人类进步的阶梯，真是如此，读了这两本书后，我才明白原来男人们是怎么想的，他们言中的完美女人是什么样子的。我相信思维与想象的力量，只有去想了并且愿意去为这个想法付诸行动，那么就可以确信它一定会实现了。

我幻想着有一天能去埃及迪拜那个叫伯瓷的帆船酒店看一看，那个代表奢华的世界上唯一的一家七星级酒店，那个每晚上最低消费900美元的度假胜地。我还想去周游世界。我不知道是男人的占有欲强烈一些还是女人的更强烈一些，我确信我此刻的内心强烈的猎豹姿态，我想对着大海呐喊：我们的未来。

你跟我讲，孤独是为自由付出的代价。而我知道你就像一个孩子一样聪明、淘气又可爱，让我心疼。书中讲男人之所以喜欢温柔的女人是因为他们内心比女人更脆弱。我知道有一天你会成为CEO，而我也应该以一个什么样的姿态来修炼自己。细节，不凡讲究的细节。不管任何场所，大家都要创造影响力，成为明星。这是我对自己的要求。同时永远不要与时尚脱钩。我确信我具备了成功女性的聪明头脑，只是还需要修炼细节，练好扎实的基本功。

这一年成长得太快了，甚至面对镜子，自己都觉得好陌生，但是我知道这才是刚刚开始，与你站在一起就必须破茧成蝶。目标刻在铁板上，而方法写在沙滩上。一个女人的一生由二十几岁决定，我要在29岁前成为富婆靠什么呢？25岁前做到什么样子呢？我知道你能够感悟到我内心的力量，否则你不会那么别有用心地等我，但是我知道你是男人，你拥有更大的耐心。在这个世界上存在着很多物竞天择的竞争，这就是适者生存的社会，男人们天生就是敢于接受挑战的动物，而女人们往往选择逃避，并且女人之间也存在她们标准的输与赢的较量，而我如何在众人中出类拔萃呢？当年的杨澜是千里挑一才留在正大综艺的，而我凭什么在众多女孩中吸引你的眼球并成为你的骄傲呢？路漫漫其修远兮，而我的美丽与智慧需要时间的投资，我一定要等得及。

不知不觉来到了燕园，看那绿油油的青草使我想起了陆小曼与徐志摩在上海的郊外。北大新闻学院，这里是思想起航的地方。老师讲巨星陨落的时候适合立志，因为新星升起。

多年以来，我一直都在寻找做事情的感觉，一直却都很迷茫，而2009年第一次重游燕园那种花香、那种宁静、那种空气中泥土的味道，让我找到了内心呐喊的感觉，属于我也适合我的感觉。它与人大，到处流金淌银的现代气息不同，它清新脱俗让人怡然。任何时候坚守内心深处的那份宁静，不只为了自己，更为了内心深处那个心爱的梦。

所有的一切都是为梦想而上路。开始为梦想拼搏的时候，我忘记了我的起点，我是谁。我是那个追梦的人。一定要做件让自己都佩服自己的事情。既然已经来到了北京，就要在这里接受最好最优秀的教育，接触最有思维、最会挖掘财富具有创造价值的人脉，因为我已来到这里。北京对我来说不是瓶颈而是台阶。以后有时间就该常来燕园，因为这里是我灵魂的归宿。青年人一定要耐得住孤独，忍得了寂寞，不止对于男人，对于女人，尤其是自强的女人亦然。

起笔时，不知道什么时候收尾。我确信这篇文章给了我一次表白的舞台，它预测着我们俩的未来。让我无比坚信我创造奇迹的潜能。就像我书中所言，真正的差距才刚刚开始，时间会见证那最后的结局。在北京到处都是黄金地，到处都布满了机遇，就看我抓不抓得住了。也许我们根本就没有未来，但是至少我们曾经期待过，等我们慢慢老去，再忆起我们年轻时候的这些期许，我们都多多少少会告诉自己：那年他是我的天堂。仅此而已的美好，也会是一生中年轻时代最美丽的风景，我知足矣。爱情，是奢侈品，拥有最好，没有也不强求。

Camel，再见！

年轻人在选择职业时的考虑

年轻确实是一种资本。因为年轻,我们可以从头再来;因为年轻,我们可以给失败找借口,因为年少的无知。年轻也确实是一种无奈。因为年轻,我们多次在人生的十字路口徘徊;也因为年轻,我们才多次迷失了理想的出口……

记得,在我放弃美术的时候,我就坚定了信念,一定要把新闻学好。因为我确实喜欢交流与写作。但当知道我们学校今年新闻学已不招生时,我难过极了。我该怎么办呢?年轻的我又迷失了未来的方向。后来,因为考虑到工企有营销学,我就又转学工企了。但现在的我又后悔了,虽然现在的高数,我学得还不错,但当听到有人说"对我专业没有用的课程,我就不会去学"时,我就为当初自己不坚定的态度而感到可耻。对于人生而言,也许没有比狗尾续貂的随便更令人感到可耻的了。许多时候，年轻人就应该有宁缺毋滥的坚决！

当我打听到新闻学自考的课程时，我哭了，因为我又遇到了我所期待的东西。那是亡羊补牢、犹未晚矣的感激。像是与分别多年的恋人再次相遇的那种百感交集⋯⋯

于是，这次，我便在心中坚定，说什么也不会让你再次溜走。还记得黄全愈的《素质教育在美国》中说道，在美国，一个自由的国度里，年轻的人们对于自己一生所要从事的职业，在小学二年级的时候就已经私定终身了。而中国的大学生呢？大部分都是在大学毕业之后，在找工作四面碰壁之后，才开始考虑自己真正喜欢的职业，以及真正适合干的职业。所以，我应该记录这一时刻，在我大学一年级的时候，我与我的职业私定终身：我要与新闻传媒与艺术教育事业白头偕老。

在所谓放弃美术的日子里，我不停地反思着，我还喜欢美术吗？我还喜欢它吗？我能够真正地放弃它吗？我会舍得吗？答案是坚定而有力的。我做不到，都说时间可以让一个人遗忘一切，而对于有些东西，有些事情，却只会在时光流水的洗涤下，越来越清晰⋯⋯自从我拿起画笔的那一刻起，艺术人生的印记就在生命中越来越清晰了⋯⋯

只不过是当初的我累了，所以才倦了⋯⋯

扎实的造型能力是我的一人优势，我怎么能轻言放弃呢？人生就短短几十年，没有多少时光可以由我肆意挥霍、徘徊。抓紧时间，有所成就，才是年轻的我们应该考虑的。

那天，学校动漫社播放《再见萤火虫》时，不知是那个凄美的故事感动了我，还是屏幕上漂亮的色彩、美丽的线条感动了我，那天，那夜，我整个人哭得稀里哗啦的……

有些泪，有人流；因为这些泪，有人懂……

那天夜里，跟以前的同学联系，说出了关于萤火虫的秘密，又不小心提及了不拿画笔手痒痒的感觉。还有那想买动漫书的冲动……在同学回复我"哈哈哈，后悔了吧，傻丫头，谁让你当初那么随便地轻言放弃呢？动漫书我这里有一堆呢，喜欢的话，寒假我带回家给你看……"当看到"一堆"时，我的眼泪又出来了，"我这儿一本都没有呢……"

"上帝啊，我后悔了，我知道错了……"也许现在的我可以自己画着中国画、工笔、设计、动漫……并且把英语学好，因为在首都，国际交流的机会特别频繁。并且除了国画外，设计跟油画都是由外国传入中国的，要想创造中国艺术的优秀，就必须要自觉地背负起东方与西方、智慧与艺术的十字架，而外国语是人生斗争的武器。比如说，将来要搞动漫，如果日语很优秀，那么对于接触世界动漫尖端日本动漫就是件水到渠成、轻而易举的事情了。年轻人在定位未来职业时，应该有缜密的逻辑与纵横的思维。

此刻的我，又忆起了来北京的目的以及对爸爸的承诺……

许多时候，我站在楼顶层，俯瞰着北京车水马龙的夜景，我就会怦然心动……因为我还年轻，年轻就是资本，就是潜力无限。这片天地的未来，应该有我的一片空间……

冥冥之中有种牵动

这一年来，我一直在思考，什么样的东西才是最优秀的，什么样的故事才是最感人的。好长时间，我为什么会在冥冥之中莫名地伤心，又莫名地激动，后来，我都想明白了，是发自内心而写出来的东西，首先感动自己的文字，才是优秀的文字。不求拥有多少华丽的词汇，但求是我们发自内心最真实的流露。像是海岩的作品，唯美而浪漫。其实，许多时候，他编造的浪漫就是他内在心态的真实流露。像海岩自己所说，他拼命写青春，是因为他的生命中没有经历真正意义上的青春。因为人首先考虑生存，首先要做一个单位人。海岩的青春大部分交给了生存的现实，但他的内心依然留有唯美而浪漫的心态，他的生命如此多情。这就是他一直以来的创作灵感吧。

另外，我觉得悲伤是个好东西。还是拿海岩来说，现在的海岩，五星级饭店昆仑饭店的董事长，中国旅游协会副会长，可谓名誉、事业、地位都拥有了，对于一个男人而言，海岩是成功的，别人的青春年华在风花雪月，而海岩却在事业的征途上摸爬滚打。所以，回忆起来，这种失去的残缺就是一种心痛，一种悲哀。所以他把自己的这种心碎冥冥之中融入到了自己的作品，在他那些创造的唯美浪漫中注入了鲜活的血液，读者品读起来也就完美了许多。《玉观音》里安心的曲折经历让人痛心不已；《永不瞑目》中肖童的无悔选择让人怜悯；《拿什么拯救你，我的爱人》中韩丁的无私让人叹息。所有所有这些都来自悲伤，来自眼泪，来自人会难过。

前些日子，下载了石康编剧、赵宝刚导演的《奋斗》后5集，我一开始看时，脑海中就本能地浮现出了另外两部电视剧：《我们无处安放的青春》和《与青春有关的日子》。那感觉太相似了，那种冥冥之中的红线那么自然和谐地牵动起了记忆中的共鸣。除了里面的饰演者基本一致外，更为相似的是：那种感觉。那种冥冥之中的感觉，他们青春、他们浪漫、他们幼稚、他们执着。这就是作者笔下的男主角。这种感觉有点像是一见钟情，就是看完了之后立即在脑袋中产生了一些回音，一种似曾相识、相见恨晚的感觉。记得我应该是在高三时先看的《我们无处安放的青春》，那时就喜欢上了这种剧本，我自定义为"小说版电视剧"。因为看这种电视剧时却像是在读小说，里面到处都隐藏着作者的影子。小时候，老人们常说："不会看的看热闹，会看的看门道。"现在的我觉得，这条路上有我的理想，虽然我还不晓得这条路有多长。我不再优柔寡断，不再胆小怯懦，不再虚荣自欺，勇敢地站在了属于自己的起点上，继续着自己的苦行僧之旅。脚踏实地地埋头苦干，会赢来这条道路上的点滴成熟。后来，应该是在我复读的那一年，我又曲径通幽，偶遇桃花深处，邂逅了《与青春有关的日子》。那也是讲述了一群青年男女的故事，那个时代浪漫的朴素，浪漫的单纯，我喜欢。只可惜，我不是那个时代的人，我是"80后"，不是一个时代的人，就有不一样的心态了。但我却宁愿自己拥有这种朴素的情怀。

最后看的才是《奋斗》，是关于北京一群青年大学生创业奋斗的故事，虽然很现代，很前卫，又是搞设计，又是学艺术，又是出国的，但是我却触摸到了编剧设计的许多细节，我品出了那种北京人爱开涮的幽默，嗅到了主人公无拘无束、浪漫无羁的青春。他们不厌其烦地讲述了一个大男孩长大成一个男人的故事。一个作品几乎是另一个作品的车辙之作，却又不是那么亦步亦趋，每部作品都有自己的经典与升华，但我却在冥冥之中产生了这种牵动。也许这就是一个好编剧、好导演最珍贵的品质。但也许这就是一个女人又一次错误的第六感。谁知道呢。

但是不管怎样，我会一直走下去，因为我已经找到了自己的目标，它是我生命中最重要、最真头的部分，我永远都不会放弃它，我要永远为之奋斗。

当忙碌成为一种习惯

在美丽的人大校园，听着音乐，欣赏着流动的风景，思考着我的问题，滚动着我的脚步，在校园的林荫小路上，在寂寞的自习室里，拥有这样忙碌的感觉，似乎成为了我的一种习惯……

回到自己的小屋，我顾不得吃饭，顾不得休息，匆忙地打开了我的电脑，写作的冲动就这样子一发不可收拾……

许多时候，我会被自己感动……

像是有些泪有人流，因为有些泪有人懂一样……我，为了我的梦想与未来而忙碌，而感动……

我向自己致敬……

也许只有在忙碌中，我才会锁定我的脚步，直追我的理想……我不怕努力，我不怕输。在忙碌的空隙里，我知道我还是难以欺骗我自己，我怕寂寞，我怕孤单，我害怕那种伸手不见五指的感觉，但是我也会鄙视，鄙视那些空洞的眼神，我欺骗不了我自己，我不可以接受那种狗尾续貂的残缺。所以，我才尝试着把忙碌当成了我的一种习惯。在这个习惯中淡化我的伤口，膨胀我的力量，放弃舍不得的放弃，等待寂寞人的等待。故天将降大任于斯人也……总是我在好事多磨后的座右铭，我坚信我是一个大器晚成的人。

夜深人静的时候，没有人听到我在哭泣，疲惫的身体，也只有在这样深不可测的黑夜才会得到喘息，杂乱的思绪才会得到一点点清晰的整理，沉重的压力才会得到一点点的释放。夜里，我很少熬夜，但经常会在半夜醒来，就那么静静地躺着，望着漆黑的颜色，回忆着白天奔波的脚步，那是一种美好……

我是一个作息时间生活习惯很正常的人，到现在为止，熬了几次夜，屈指可数。第一次是在天津南开的南心画室，跟几个室友一起上通宵，那时候17岁，不懂得为了梦想而忙碌；第二次是两年后来北京，跟503的家人们，又一次去上通宵，那时候19岁，青春不羁的年华里，我们寂寞与年华不小心有染；第三次熬夜是在五道口的一家墨西哥餐厅里工作，两天后我主动退出，因为贫血，我干不了这份工作，我曾劝自己，再坚持一下，我可以的，别人可以做到的，我也可以的，但是第二天我就意识到我错了，任何时候我都不应该拿我自己的身体做赌注，那是我以后革命的本钱，我不怕吃苦，但是不证明我不要命了呀，所以我退出了局；第四次熬夜是在近期，因为忙着出版我的集子以及争取留京工作，所以经常熬夜，女人熬夜容易变老，但为了将来的生活，我心甘情愿地接受这份沧桑的洗礼……

我要在自己30岁的时候比身边的朋友更优秀一些，所以现在除了承认自己落后的起点，另外就是比别人以更快的速度来奔跑，才有希望在30岁的跑道上领先。前两天看一朋友的空间，他说自己是个男人，自己将来要赚大钱、开好车、娶美女。我的心一颤，我从他身上感悟到了一种力量，我才意识到我是一个女人，我不能去做男人做的事情，而要做一个有品位、有梦想的女人。

美好的生活，完美的幸福，都是三分天注定、七分靠打拼的。我抱怨过、彷徨过、叛逆过、堕落过，但我唯一庆幸的是我从来都没有放弃过。我来北京，是因为我从高二就总是与它擦肩而过，它对我来说是那么地亲切，又是那么地陌生。所以，"北京，你好"，我来北京找你来了。不同的是，多次的失之交臂，已经让我更加懂得去珍惜。有时候，稍微一空虚，我就会觉得对不起自己，对不起别人。只有在忙碌中我才会感受到一点点的安慰。忙碌的时候，全身的能量往身体外释放，我的梦想跟着沸腾的血液一起流淌，匆忙的脚步压倒了城市的一切喧嚣……

来北京读书时，爸爸只说了一句话：别学坏了，自己抓住机遇。在忙碌的空隙，我会静下心来去品这句话。在北京，靠我自己那单薄的肩膀，难，难于上青天。但是，我不怕路途遥远、路途艰辛。首先是因为人生未知，偌大的北京城，漫长的人生，谁都不知道在什么时间、什么地点埋藏着我们的梦想，就像如果一个人吃饱一顿饭要吃六个包子，但许多人会幻想着如果他只吃这第六个包子岂不是来得更容易些？是的，许多时候，因为我们都期待着这种可以挖掘梦想的捷径，而守株待兔，荒废了大好的青春年华……

行动任何时候都比诺言有分量得多。我让自己忙碌了起来，在忙碌中我痛并快乐着……至于，另一个原因，是很少有人有这份毅力坚持下来，在通往"罗马"的道路上，无聊、寂寞伴随着辛苦、忙碌，于是走了十分之一，有人放弃了，再走了十分之一，又有人离开了，再走了十分之一，又有人禁不住诱惑，犹豫了……于是，到一生结束，真正有所作为的人已经凤毛麟角了。在西方有：如果你在美国为竞选总统而坚持60年，那么你也会成功的。在中国也有：世上无难事，只怕有心人。

于是，我不再去无聊地抱怨与攀比什么了。这种心态很好，让我做起事情来没有任何负担。我就是我，在我的世界里，只有我的事业、我的亲人、我的朋友以及世界上所有美好的事物。许多时候，我感觉自己老了，老去的不仅是青春的容颜，那娃娃的笑脸，还有那年少无知、幼稚轻狂的青春。但是，我还是很感激这份成长。因为它是我青春奔波后的收获，是我忙碌的一份甘甜喜悦。我会把它深深地珍藏。

忙碌的时候，心情会格外地晴朗。那种透明，足以让我看清心底的行程。从床上爬起的那刻起，我就开始像只蚂蚁或者蜜蜂一样地奔波……走在路上的时候，我听着手机里我最爱的那些旋律，脚步也变得优雅而有节奏，我顾不得去在意那些过路人什么样的眼光、什么样的猜测……我只在乎，在乎我的下一站……

公交车上，微风那样温柔地抚摸着我的脸庞，沿途那优美的风景让我心动，不禁感叹世界的美丽、生活的美好，步入繁华，那种窒息同样让我心醉，让我激动。我，属于这个城市……

地铁里，拥挤的黑色，让我想要爆发，在这拥挤的角落，我失去了原本属于我的地盘。哪里是我的明天？诗人在这一刻诞生，是奔波给予了我灵感。

当忙碌不再是空虚的理由，逃避的搪塞，那它就变成了一种真实的习惯，它伴随着我们吃饭、睡觉、学习、工作、交友、恋爱……伴随着我们生命中的每一份回忆，与它一起成为了我们快乐与忧伤的红娘……

当爱走得静悄悄

——孤独狂想曲

她很想陪他,即使在网上一句话都不说。他开心的时候,她很想在他身边看他微笑;他失落的时候,她第一时间在他的身边安慰他。他熬夜到很晚,她的 QQ 或者 MSN 陪着他一直亮着。如果他下线了,她的头像也就暗了。他知道她熬到这么晚都只是在等他。

她永远那么懂事,知道什么时候应该撒娇,什么时候应该像个小孩子一样疼惜他。她不会埋怨他没有给她打电话,不会在他工作烦心的时候要他甜言蜜语,即使心情不好,也会轻轻拥着他,始终在他的身边。

她不会放过任何一个与他有关的信息。积极地融入他的生活圈、朋友圈。结识他的朋友,链接任何在他空间留言的朋友的网页,看他喜欢领域的电影、书籍、报纸,去他喜欢的餐厅,她想变得更好,更适合他，更容易得到别人的赞许和认可。

她永远不会在他的亲人、朋友面前提他的缺点、嘲笑他，哪怕只是开玩笑，虽然她可能会觉得这样做不对，但是她会给足他男人需要的面子，帮他打圆场，帮他找台阶下，只晒幸福，只晒他的好。

她需要他的肩膀，但是绝不会凡事都依赖他，她在他面前很弱势，常常需要他来把持局面，不是她笨，只是喜欢在他面前装傻，喜欢被他照顾，但是她不会黏着他，该独立的时候，她可以一个人。

她发给他的信息几乎不会有错字，不会有歧义。她很注重和他在一起的细节，发信息之前都会反复确认好几遍。措辞、语气甚至表情。

她和他参加朋友聚会会打扮得漂漂亮亮但不会妖艳，只会在他面前偶尔穿很辣的衣服。她永远会把他跟别的男生区别对待，而不是总是孔雀开屏般向所有人展示美丽。

看到女人围着他转，她会吃醋，那些女人很优秀，她更容易吃醋，但是她不会无理取闹、兴师问罪，她关心他，在乎他，想要抓住他，她只是希望他能静下心来讲一句别人听不到而只有她能听的话。

她也有许多的异性朋友，但是，她会明确地告诉他：她喜欢的男人是他，她的心也只属于他。

她会很认真、很专注地看着他，听他讲话，看他的样子，记住他的声音，她不仅爱他，也欣赏他。把他当作偶像、情人、哥哥、孩子、父亲。

她爱他，并懂得自爱，不会突破自己的底线。她不会轻易答应他，不会轻易半推半就地妥协。因为她圣洁。

红色五角星
——曾经的祝福

空间的距离不足惧,但是,如果心灵产生了距离,那就不要扯了。——红色五角星的背面。

这个五角星石头记是当年男孩与女孩的约定。

所有的一切都只是为了记忆,然后回忆。不管是男孩还是女孩都是些曾经的、过了期的祝福。大家都是要成长的。男孩需要蜕变成顶天立地的男人,而女孩也需要修炼成温柔贤惠的女人。

在成长的过程中会痛、会伤,会聚也必定会散。许多人注定会成为记忆中的风景画,心头的朱砂痣。我们不必过度伤心,即使是面对死亡。就像死亡本身也是生命的一个重要环节,而好聚好散也一样是拥有的另一种解释。

五角星象征着祝福,而红色则预言着希望。所有美好集合在一起的时候，为什么没能产生美好的结局，反倒成了僵局？

对于一个女孩子来讲，那时候单纯、憧憬，对于一个女人来讲，学会放弃与遗忘是挑战，也是本能。因为毕竟把自己沉淀到尘埃里去，然后却又满心欢喜地开出花儿来的只有张爱玲之辈。对于女人来说，要学会在遗忘中祝福，在恬静中安然，需要时间。毕竟那些都是些逝去了的歌，接下来生活的旋律更优美。

许多朋友会惊讶，我怎么浑身上下不配点挂件呢？大家了解我以前，以前因为戴得太多了，所以现在想"清闲"点了，并且我坚信内心有许多执着，那是唯一的。

简单就是伟大。

比如说黑、白在颜色中是无间色，最简单的颜色，可它们却在时尚界发展的任何时期都经久不衰。

再比如，简单而热情的人容易成功。

遗忘不失为一种最简单的格式化。适度的遗忘，适度的人生态度归零，放下许多名利、地位的虚伪包袱的人，一定是在他的人生轨迹跑道上一路领跑的人。

今天在创业的我，真正的症结不是目前的客观条件，而是在于我内心的心态。当我真正说服自己的时候，我便同时也说服了整个世界。

曾经我是谁并不重要，今天我站在了哪里才是关键，今天我是谁，明天我又能走到哪里，这些才是五角星现在的祈祷与祝福。只要你还拥有梦想，那么就不要轻易言弃。所有一切为的是有一天站在那个绚丽的舞台上，向所有人诵读集子的开场词：

　　许多时候我想到了放弃

　　但是更多的时候，我选择了坚持

　　生活有一千个理由把我打倒

　　而我有一千零一个理由让自己挺住

　　等熬过来了，我再蓦然回首

　　感动的泪水已经再也不能够遏止……

PART 5

理想主义傻瓜

女人与女孩有个分水岭，就是女人是独立的，2008年，我20岁，开始自省我要变成一个什么样的女人，我应该怎样成为我想要做的那种女人，2008年，伴随着青春的召唤，我有了我的独立宣言。

　　朱毅曾经在畅春园和我促膝长谈，关于理想主义者，关于傻瓜，选择了一条路并不难，信誓旦旦把口号喊得叮当响的人往往做事情都鲜克有终，从紫金庄园到畅春新园，我走了太久，因为思考了太久，等待了太久。傻瓜从来都不走捷径，因为捷径的人生像是白开水，虽然不会苦辣咸，但是索然无味。

PART 5
理想主义傻瓜

我的 2008

当我以为 2009 离我还好远时，它来得悄无声息，一切都是那么地安然，让我一点心理准备都没有。2008 年似乎经历了太多，我不知道应该是感激还是抱怨，除了一如既往地读书，周六勤工俭学外，似乎没有什么值得以后七老八十可以回忆的了。每天都会很疲惫，我让自己忙碌起来，因为忙碌了，我便不再沉沦在那满满的往事之中，往事不可追，回忆仿佛冷风吹，当初都是我的错，让你伤心头也不回。

当我回首看那夕阳正红，当我听到那晚钟声音沉重，那点点滴滴的往事随着微风掀起了波澜，在我那还来不及难过的心里：圣洁的女人。

有时候坐在自习室或是国图，一坐就是一天，不愿意动，就祈求能静静地坐在那里，一个人看书里的故事，想回忆里的情节。就这样，静静地，不愿意被任何人打扰，也不愿意去打扰别人。

我的集子终究是没有出版，因为我怕。我怕成名，怕成功来得太早以至于我还没有做好准备。2008年我依旧没有能完成甜美的蜕变。我的脸依旧是有许多痘痕，虽然说职业了许多，但是仍然没有让自己满意。在人大自习室，随我一阵清晰而至的高跟鞋声，长长的走廊，让我听出了那股自强不息、奋斗不止，叫作坚持的力量……

再也不是19岁了，他们说当我还是19岁的时候，那是一种美好……2008年，意味着我昨天还是女孩儿的我，今天要成为一个圣洁的女人了。在奔三的10年里，我都仅仅为了这个目标而在做努力，把自己变得很轻、很轻，直到可以跟梦想一起飞翔……也许，也许，仅仅是一种经历。经历了就是另一种程度的美好；经历了就是另一种程度的拥有。但我清楚，我不是一个喜欢挑花衣服穿的女人。我生命中的三位重要男宾：爸爸、哥哥和"得之我幸，不得我命"的灵魂伴侣。在此之前，我所能做的事情就是等待。等待一双眼睛可以将我此生注视。这种注视，它是唯一。而我知道，到现在为止，这股力量它还没有出现。许多时候，我们都得去忍受一些寂寞，承受这种孤单的痛，或长或短，或多或少，这是完整生命的一部分。什么时候学会了苦中作乐，那么就进步了一大步。

有时候，会突然很强烈地恋家，从16岁开始北上天津，我就一直一个人在外面摸爬滚打，吃过很多苦，也做过很多错事。唯一庆幸的是，都过来了，而接下来的还要走下去，勇敢地走下去。不知什么时候就给自己穿上了那件无形的防弹衣,自己包裹在里面不允许任何人来伤害自己。世界上本没有那么多伤害,只是伤害了别人,自己还不知道罢了。命运,许多时候把我们推向了耶和华指给我们的方向。真的,此时此刻我相信了。一年前,我不会想到我稀里糊涂地进了商学院;两年前,我也不会相信现在来到了新闻学院。没有先是在几年前就让我与艺术结下了不解之缘,又接着让我N次与这个梦擦肩而过。命运总是这样爱开玩笑。

尊严是世界上最脆弱的灵魂器皿。它经不起任何的马虎大意。人活着为了争口气。我们要体面地在这个世界上立足。现在"80后""90后"已经成为这个社会新生代的主角。这是个我们唱主角的舞台。然而,你在舞台上扮演的是什么样的角色呢?这个得由我们自己说了算。如果你想知道自己的命运,那么请紧紧握住你的右手。生活是过出来的,不是说出来的。奋斗。

福兮,祸之所倚;祸兮,福之所伏。这是我最喜欢的一句古语。在我伤心,在我难过,在我孤单,在我寂寞,在我无能为力,在我不尽如人意的时候,它总能给我一种明澈,让我去相信希望,相信奇迹。2008年经历了许多难堪,但是我依旧选择了勇敢。因为我还拥有梦想,一切都会好起来的。

一如既往地一个人走在路上,当我轻轻地在心里唱起了歌,当我依旧执着着我的执着,时间会证明一切。大器总是晚成的。因为上帝是公平的。做任何事情都得付出代价。生命中有三样东西不能等:孝敬父母不能等，自身学习不能等，子女教育不能等。所以我必须给自己压力。因为成功是逼出来的。写诗作画是我毕生的爱好，而且最为关键的是实现自身的经济独立和不断完善自身的学习。然而人生不能等的这三件事情都需要金钱。但是，我的价值到底是多少？我的出路在哪里呢？算命先生说，我长大了是商人，从小到大，我都坚信自己会是个艺术家的，怎么就与商人有瓜葛了呢？看来，命里有些东西是逃不掉的。都说，三分天注定，七分靠打拼。我是个相信命运也相信努力的女人。等过了2008年，我便会去创业，年轻时候不折磨，以后想折磨都怕是没有机会了。我思考了一年了，应该果断地做个抉择了。

要勇敢地走下去，要记得勇敢地去行动、去实践。以最快的速度在这里安个家。北京的城建越来越完美了。但是我到时候凭什么立足？凭什么做我喜欢做的事情？凭什么资本去守望我的爱情以及如何捍卫？这只是万里长征第一步，人生就得有股执着的韧性。因为内心那股不息的力量。

许多人都是上帝垂青于我们，安排在我们身边的里程碑，然后给我们上了一个刑期，让我们把他们装进心里，直到完成知性、大气、沉稳的蜕变。成为那个充满魅力的女人。

昨天，阿琼从天津传来消息与阿君已经分手。曾经的山盟海誓也早已经风吹云散。我不清楚也不想去搞清楚这其中的恩恩怨怨，也许仅仅是因为我是个局外人吧。当我15岁，踏上了北上天津的火车的时候，我便意识到我这一生从此刻起要开始改变了。当压力巨大的时候，我也曾经晕倒过，这些都是痛痛的伤，三次去津，等我再回天津的时候，聊以自慰。

还是很下意识地去想底阳，因为对他不是很了解，但是哪怕关于他的丁点儿的回忆都会在内心中十分在意。虽然我知道许多时候，缘分是可遇而不可求的，但是，在我眼里，我懂什么样的男人才是我想要征服的。征服对于我来说，意味着什么，我懂。爱情，追求幸福，抓住未来需要技巧。3个月后，"星巴克先生"终于发现自己对这个摸不透的女人陷入了迷恋状态，最后，忍不住先竖起了白旗，献出了自己固守几年的爱情城池。其实许多时候，我们之所以没有未来，是因为我们在没有栽种的地方却要收割，没有撒种的地方却要收成。

没有经历婚姻生活的人，永远都不会体会到婚姻真实的幸福与琐碎。而大多数有婚姻经验的人，可能也会同意，婚姻是一门最难修的人生学分。其中一些人，在中途就坚持辍学，还有更多的人以无所谓的心态在等待毕业的那一天。我要勇敢、认真地过好生命中的每一分钟，要让伤害我的人将来后悔，让爱惜我的人将来幸福。

青春的召唤

要记得好好吃饭啊。昨天又快要死掉了。生活每天都是这个样子。今天又是一个好天气。记住了，我已经不再是个小孩子了，要有韬光养晦的胸襟。今天还是会感觉很疲惫，再也不要这样拼命，我还得留着精力去创业呢。没有到最后关头，谁都不要说结局会怎样。一切都会好起来的，只要我还拥有梦想。要养好我的身体，这是革命的本钱。

记住了，今天又是一个艳阳天。昨天经历了一些，放弃了一些，又得到了一些。哥哥说得对，要坦然，沉住气。其实我已经很感谢上苍了。让我总是可以仔细地去计划我自己的未来。只是现在虽然有朋友，可依然会寂寞，没有那么多的空余时间，但是又彷徨了。人性是多么的难言。记住了要懂得珍惜。在这个世界上，有两种人生态度：

一种是随缘，一种是当机立断。

昨晚一夜未睡，今天困极却难眠。要疯了。人生真实多味儿。我似乎体会到一点点了……调侃的艺术曾经让我失去了对生活的重心，但是我知道我不可以沉沦，因为我还要去看世界。我的青春还依然倔强。然而爱的哲学在哪里呢？我，又该如何解读呢？生活的琐碎把我埋得太深了，总是让我彷徨地迷失了方向，让我找不到答案。也许，面对陌生，我唯一能做的就是保持沉默，在坦然的沉默中毁灭，一些东西在含泪的微笑中爆发，一些东西在内心的宇宙中构建起了我的太阳城。女人的困惑与女人的诱惑，女人的希望与女人的渴望，女人的深度与女人的高度，女人的梦想与女人的幻想，在里面不断地交织，让我在里面足以抚摸到自己的心跳。

亲吻着这些流出来的文字，不争气的泪水也随之溢出了眼眶，那是一双容量太小的城池。手碎了，那心呢？也痛了吗？在我的窒息中，涉及的却是震撼。在人生的输赢与较量中，到底谁才是那个真正的胜者又有谁会在人生的哪一圈跑道上领跑？还有那个笑到最后的人。差距到底在哪里？时间会洗涤掉那历史的垢，岁月会清洗出那陈年的毒。留下明晰的答案：那个最值得的圣洁的女人。在这个最后的瞬间里，我想把时间拉长，注入我对生命与年轻的思考。慢慢地，慢慢地，满满的幸福让我开始变得丰满，跨出女孩与女人关键的一步。

"懂"的真实含义是什么呢？它不仅仅是知道了为什么，而且还应该知道怎么做了。脱去了孤单的伪装，难道就不会孤独了吗？一切都会好起来的，只要我还拥有梦想。当沉睡的灵魂再次被呼唤，我又迎来了一个艳阳天。

倾听自己的脚步，那是一种美好。当深沉的安静融入了奔波脚步声的时候，我醉了……静静地、静静地……直到疲惫的身体再也不能够支撑，在我倒下的那一刻，我又握紧了自己的右手。有人把我推向了命运的旋涡。让我相信一切都是天意，一切都是命运，谁也逃不离。我与他约定：再给我一点点时间。我的命运得由我自己来设计。

人生就像是在沙滩上捡贝壳。我们永远都不知道哪一个才是整个沙滩上最光彩闪耀的那一颗，哪一个才是你最想要的。也许，它就是你刚刚丢掉的那一颗，也许，它正被你紧紧地握在手心里，也许，它正在你的脚丫子底下埋没着，也许，它是你正准备去捡起并珍惜的那一颗，也许可能，你们永远都不会相遇，唯一可以将你们联系起来的是：白天你们共享阳光灿烂，夜晚你们共赏月光妩媚，除此以外，别无其他……

人生最痛苦的事情不是没有邂逅甜美，而是明明邂逅了却不懂得解读，将幸福白白丢掉或是明明甜美在手，却不懂得珍惜，将幸福瓦解。

从紫金庄园到畅春新园

人生有时候要面对许多的人生选择。

比如说，一个男人面对着两枝同样精彩的玫瑰，一枝白玫瑰，一枝红玫瑰，但他必须放弃其中一枝时，他需要做出一个果断的选择；比如说，一个女人面对两个同样优秀的男人，一个拥有魄力而另一个却拥有才华，但是她必须选择一个时，女人需要挣扎，是人性的本质。之所以发出这种感慨，是因为最近找房子让我挣扎过，在紫金庄园这边有一套公寓刚刚装修完，并且不知道老房主哪来的眼光，里面居然是西式风格。天啊，我在紫金庄园住了1年，虽然我住的是学生公寓，但对周边的房子还是比较了解的，在这片旧房子里能找到如此新颖别致的实属偶然。我真的很想珍惜。但是又想到自己心中的那片圣地，那片北大硕博公寓以及我对自己的承诺……

在面对抉择时，内心真正想要的东西就显得格外重要了。我要零距离地接近那片圣地，我要去接触最神圣的知识，并且最为关键的是今年要与去年与众不同。我计划了一下自己的考研时间，2010年1月绝对是我生命中改变命运的1年。2010年能够顺利读研，需要2009年1年时间的全力以赴。我又想起了阿峰、阿剑，想起了这对双胞胎兄弟，想起了这两个创造奇迹的男孩。想起了我们同桌的时候，他看我画的中国画，以及他是班级第一名，我是班级第二名。我最佩服的是我用笔算都做不出的数学题而他却可以心算出来。让我痛下决心的是我需要一个名分。如果没有学历这个平台，我无法与他们站在同一个平台。同时，已经是清华、北航的他们已经优秀了我太多、太多。所以，一个北大硕博连读是那么地势在必得。当我只看到眼前的时候，我是看不到未来的。当我想到未来的许多愿景，那我就会很坚定地在畅春园定居。2年的合同，那是我的"卖身契"。然后，名正言顺地进入畅春园的硕博公寓。

从紫金庄园到畅春新园，从人大到北大，从一个女孩的梦想发芽到开始扎根，站到那个高度，拥有比赛的入场券，这是第一步；在这个前提下才有资格去争取自己心仪的那个战利品……

从紫金庄园到畅春新园，一个"入场券"让我不再迷茫……

PART 6

北京夜未眠

北京的夜，总是那么迷人，有梦的人总是夜未眠，那时候，夜幕降临，晚钟响起，从前的点点滴滴都会涌起，在还来不及难过的心里……

　　树欲静而风不止，2008 年，生命中最疼爱我的人已离开，来不及哭泣，如果生命可以像是倒磁带一样倒回起点，我会好好珍惜和外公在一起的日子。然而一切都是枉然，我不哭。

　　那年，我从画画到写字，从观察静物到深夜思考，青春在我从 19 岁迈向 20 岁的年纪悄然划过，如今再翻开这些稚气满满的文字，我真想轻轻地问一句：青春，你好啊！

　　多年以后，我们会是谁？你还是你，我还是我，只是已经成长的你我，还能否忆起当年的旧事？行路漫漫，只因心有诺言。

PART 6
北京·夜未眠

难眠的一夜

睡不着，回到家，听六儿突然地说明天要走的消息，我没有说一句话，就埋头写我的东西……

今天一天都没有吃饭了。早上起床后就去了丰台万丰国际，下午回来的时候就在路上买了一瓶雪碧，我像是疯了一样，一直都在敲打着我的键盘，心情就这样很低沉，从昨天一直忙到今天的凌晨2点，洗了一把脸，其实还不累。但是就是觉得自己应该休息一下了，每次觉得自己受了委屈就都会很有写作的冲动。这次也不例外。昨天，一直都还哭不出来，但是，我静静地，没有哭出声来，看看小六儿，还是睡得正熟，但是过了今天她就要走了，她只是说她有地儿去，我也就没有问她到底要去哪儿……

早晚要走的，大家都有自己的路，自己的下一站。

前两天看了一部电影《诅咒》，里面的男主角镇宇在临死前说的那句台词非常有意味：每个人都拥有自己的一些秘密，之所以不告诉你是怕你受到伤害……

想要告诉自己喜欢的人，想跟他聊聊天，但是还是没有，因为一直给他的印象，我太成熟了，太大姐姐了，大姐姐怎么会有心情难过的时候呢？但是，我还是喜欢去照顾他，而不是被别人照顾着，在我的世界里，照顾好自己身边的人是幸福的，我不知道，天秤座的人是什么性格，我只知道，我应该是个付出型的人，习惯于付出……

再过一个小时，天就亮了，我也要出去谈判我的业务了。先放弃赚钱的想法，能锻炼一下自己，也是一种收获。许多时候，对于自己比较陌生的，还没有头绪的事情，就要这样子做好最坏的打算，才不至于到时候跌得太疼……

明天，晚上，也许就我一个人睡这么大的双人床了，大，想来就来吧，不来，我就一个人熬过来，人生要经历的滋味太多了，这也许才刚刚开始呢，慢慢熬吧……

好在我还有音乐陪伴……

在北京乘车，一定要得有音乐听的。不然的话，生命会太空白。记得我前几天，去康宝莱的北京总部，在朝阳，我们本来要去朝阳公园的，但是最后坐过站了，我们算了一下，那天我们坐车的时间是 7 个小时。从早上 9 点到下午 5 点，大部分时间都是在坐车。

过春节的时候，我就构思好了人物跟故事情节的两部剧本，到现在为止也都还没有收尾。六儿的离开，给了我一个打击，也给了我一个提醒，是时候该振作一下了，没有多少时间了，争取这个月月底完成。

　　天亮了，难眠的黑夜终于过去了……

　　今天，应该会是一个好天气……

期待

今天已经是 2009 年 1 月 2 日了,我们放假考试的时间越来越近了。同学们打道回府的都已经开始准备了;还有要去参加同学婚礼的;去和男友幸福小甜蜜的;做乖乖女回家陪双亲二老的;而我似乎是个例外,我决定留下来。因为我爱北京,我怎么可以轻易地离它而去呢?怎么可以?一个女人怎么可以轻易地离开爱人的怀抱呢?

《宽恕》中肖一航对马琳琳说过的那句话,我一直都很喜欢:人生都是由痛苦和快乐组成的,而关键是学会消化痛苦的能力,一旦学会了这种能力,那他人生快乐的比例就将永远大于痛苦。还有庄敏的话:错的不是我们,我们没有做错什么,做错事情的是他们,受到惩罚的也应该是他们,而我们则要勇敢地活下去。我们还年轻,还有许多美好的事情等待着我们。

这是一部能让我一口气从头看到尾的电视剧，不仅仅是因为主角们精湛的演技，最主要的是故事的内容和主题，它给了我生活的启迪：人生的宽恕哲学。马云曾经说过，男人的胸襟是委屈撑大的。而我认为女人的坚强是用泪水换来的；我不是男人，但我要成为一个善良的女人。以博爱的心来对待周边的一切，以微笑的姿态来面对每天上演的"现场直播"。

高中语文老师最经常对我们说的那句话：宠辱不惊，闲看庭前花开花落；去留无意，漫随天外云卷云舒。让我以平和的心态静静地努力着、等待着……

把这种期待默默地放在我的心中，是我的终究是我的，不是我的，亲爱的，我得认命。感情的事情，顺其自然吧，而学习、工作则要全力以赴，许多事情之后会觉得这才是生命中最重要、最真实的部分。一个女人工作的时候是最美的，因为独立的女人最具有魅力，像舒婷的《致橡树》：我要以一棵橡树的姿态和你站在一起。

我要如何捍卫我身边的大树呢？这是我必须时刻都应该有的危机感。什么才是现实呢？我想用朋友的话可以回答：实力产生尊严。怎样才算是开心呢？拥有博爱的心态。当我们理智多于感性了，自然就会走出一条姿态最美的通幽之径了。

日子在平淡中痛苦地煎熬着，也许这就是成长的痛，要超越首先要崛起，在悄无声息的崛起中追平了差距，然后才能超越成为极品。企业是这样，国家是这样，女人也应该是这样。在朋友说"寂寞"的时候，我还没有真正体会到它的含义，所以他说我坚强倔强得让人心疼；在我真正体味个中滋味的时候，却又"欲辩已忘言"了。

　　21岁的我，还很年轻，要迈着勇敢的脚步大踏步地往前走，就让这些寂寞的歌融解在我忙碌的脚步声里，消失在我激动的心跳声里吧。没有你的日子里，也许并不会与众不同。年轻的我们拥有冲动，年轻的我们拥有欲望，年轻的我们会去相信希望，年轻的我们会去相信奇迹。一起都只是因为我们还年轻，所以，一直就这样子期待着……

PART 6
北京·夜未眠

失眠

亲爱的，好想好想……

好想好想，在这寂寞如雪的夜里，紧紧地拥抱着你；好想好想，在这孤独无助的时刻依偎着你那宽厚的肩膀；好想好想，在阳光明媚的早晨，看你那张还没清醒却宁静安闲的脸庞；好想好想，和你牵手在心旷神怡的未名湖畔；好想好想，静静地坐在你的身旁，听你的心跳；好想好想，结束这段用药物来强迫自己入睡的日子……

好想好想，在你入睡的时候为你掖被角；好想好想，在你饿了的时候给你做你喜欢吃的饭菜；好想好想，做你一生一世的"解花语"；好想好想，对你说："愿一生一世陪你走"……

情不自禁地翻开书，寻找"它"的定义：男女双方基于一定的客观现实基础和共同的生活理想，并在各自内心深处形成的一种最真挚的彼此倾慕、互相爱悦并渴望对方成为自己终身伴侣的最强烈持久、纯洁专一的感情是"爱情"。

为什么总是为他而辗转失眠呢？上帝啊，我不让自己去想任何关于他的可能的情况，让自己的奢望一次又一次地"格式化"，但这种"归零"的心态为什么"抽刀断水水更流，举杯消愁愁更愁"呢？在为考试而备战的日子里，想要找人倾诉却又没有合适的对象，满腔的苦水找不到发泄与逃脱的出口。大脑会自动地搜索关于他的所有碎片，它们又会轻而易举地占据我大脑一半以上的内存。如果说人的信念是认识、情感、意志力的统一体或"合金"，那么亲爱的，我在怀疑仅凭我的决心和意志力能否拿下这场无烟的战争？天啊，身体已经脆弱得不堪一击，亲爱的，我想认输。服输不是我的性格，但是，也许真的是累了，我不忍心看自己用意志力支撑身体的日子。我不忍心自己深夜了，困极难眠，泪水洒下脸庞的声音，我不忍心看夜晚我一个人走在校园里孤单瘦弱的背景，亲爱的，所以我认输。或者，也许在这场较量中，根本就无所谓输与赢……

看到人大校园里2009年全国优秀中学生冬令营，我又想起了那年的这个时候，我第一次邂逅北京，去清华参加艺术生冬令营的情景，这种似曾相识的味道给了我一种安慰，经历了也许就是另一种程度的美好（拥有）。史铁生不是也说过，味道是最说不清楚的，味道不能写只能闻，要你身临其境地去闻才能忆起它的全部情感和意蕴……

这样的感触转眼2年了，我已经不是原来的我，北京也不是原来的那个北京，它经历了世界人们盼望已久的 2008 年奥运会。我们的成长都令自己感叹，原来清新的记忆和那不变的笑脸都已经定格为昨天画册里的永恒……

假期临近，指日可待，同学们都在计划着自己的梦……

还有 4 天的时间就要上考场了，而在最近几天因为失眠，身体却又虚脱了一样地疲惫，力不从心的感觉足以让自己的信心颤抖。我的坚强让我对自己肃然起敬，也许是心中还有梦，也许是心中还有希望……它们支撑起了我那不堪一击的身体，让我勇敢地战胜疾病。上善若水，水一样的女人，能屈能伸，这种生存的本能和强烈的求生意志让我为自己感动得流泪。

今天不流泪

今天的我真的好想哭泣，我也不喜欢这种沉闷的感觉，可最近的心就总是这样子很难过。我也知道生活如此美好，理想如此美妙，奋斗如此充满激情，但是，现实如此残酷，想到眼前这段漫长的路，就好想放弃，寂寞如此难以忍受。

配不上他的优秀总是让我惭愧，我不想再去等待，因为不想错过唯一的你。告诉自己要坚强一点，没有了他我一样可以，可是，后来从 JIE 那里听到了他的消息，好像就不能掩饰自己的那种心疼，现在的你过得还好吧，那么优秀的你肯定有人疼吧，渺小的我在你的脑袋中还留有丁点儿的印记吗？我会这样子漫无目的地胡思乱想，但很快，我便又调整了自己的情绪。要坚强。今天不流泪。本不坚强的自己却又强迫自己披上了坚强的外衣，从此也就变成了坚强的女孩。

我要结束这种飘零的状态，捡回以前自信的自己。我的人生要勇敢地说不。今年假期我打算留在北京，在这边干点事情。我已经不再年轻了，生命经不起太多的折腾。

其实，我应该高兴，高兴我来北京水土不服长了满脸的青春痘，让我花费时间与金钱四处求医，让我更加懂得保养好自己的皮肤和身材；高兴这么晚了才上牙套，在我快20岁的时候还要去受这份罪，因为小时候没有完成的任务，所以我心甘情愿；我会高兴我第一次意识到了我应该留起长发，"长发为君留"，人生需要积淀，在小迓图告诉我他希望她留起长发的那天、那刻，我就什么都明白了，放手，是我唯一的选择；我高兴我不再在那些高级灰的灰暗世界里徘徊了，我有点遗憾，我的灵感来得有些晚，如果再早一点的话，我就不会放弃画画，但人不应该太自私了，我放弃复读，不希望欠哥哥太多了，哥哥也很辛苦，没有地图指导的旅人肯定很艰辛，多走的弯路，需要时间和青春来赔偿。这些道理我都懂，所以，我有时候会痛苦、会哭泣，我希望我的人生有时候糊涂些，对于一个未带地图就去旅行的旅人来说，每一站都是我探索发现的结果，所以，我高兴我的每一点进步，这都是沉默与冷静赐予的礼物，我都应该庆幸。

在网络上，我把自己定位于一个艺人。但我还是一个辛苦的艺人，不管是艺术创作还是新闻传媒这两条道路，我都走得太辛苦，让梦想总是可望而不可即，我不怕努力，不怕输，但是，我怕再多努力也无助。

要坚强地告诉自己，人生没有回头路，我，只有未来，没有从前。

要勇敢而执着地走下去，那就是一种成功：心若在，梦就在。

不要去无聊地攀比什么，这个世界它是公平的。所谓的幸运是一种偶然中的必然；所谓的天才，也是一种长久的忍耐。我们的选择不同，道路也不同，但是不管怎样，一旦做出了选择就要为之负责。因为短暂的人生由不得我们左右徘徊。

1年前，我觉得放弃画画开始新闻，那么我就要为之负责，我要靠自己的勤恳在这个领域里有所造诣，今年暑假在北京把《大漠的泪》的电子版完成，工作也是希望一切都能走在别人的前面。

人是有感情的动物，世间最脆弱的东西便是人的感情。在今天，母亲节的前一天，我的妈妈却在病床前照看生病的姥爷，我心难过。姥爷还没有看到以前的那个假小子变成大美女，成为漂亮的女主播或是气质的女主编，还没有看到我在社会上在朋友圈内如鱼得水的那一天，我还没有在北京安个家。如果姥爷就这样子老去了，那样我会怎样地崩溃呢？我不敢想象，一起看到的都是电视剧中的情节，没想到，其实我也是故事的主人公。

是姥爷教我练习的毛笔字，所以现在我才有了这样一手好字体。记得那时候，别的小孩子都还在玩耍，而我却在不停地练习"东方之珠""学无止境"。姥爷告诉我：做任何事情，都是先要去模仿别人，然后才能独创自己的东西，世间的学问其实都是相通的。

我们家在潍坊，姥爷家在济宁，印象中，我跟姥爷是很少见面的。以前，上中学的时候，我们只是偶尔通信，老人家身体一直不是很好。

现在我成了北漂一族，已到了古稀之年的他，一定会挺过去的，我如此深深地祈祷：奇迹会降临到我们身上。因为我们这里还有强烈的渴望，我们未来的日子会更好。我们要等待，共同等待那重要的一天，我们才会甘心。

所以，今天不流泪。因为泪水，只是临时发泄情绪的工具，等一旦缓过神儿来，我们还得赶路！我们都是路上人。

约定

想你，没有任何的理由，空虚，成了最近烦躁的发泄。小心翼翼地收集起那些属于你的秘密。后悔成了灰暗小屋的旋律。我会在意，在意这座城市之间的距离。无助、自卑、痛苦、矛盾成了整个不清醒的我。用稚嫩的笔记录下我的希望，记录下我与自己的那个约定，祈求你再给我多一点点的时间，等我……

等我足够优秀，等我漂亮起来……我想要牵着你的手，我们一齐往前走……

久违了，我那缥缈的约定。现在想来，我太矛盾了，如果我什么都想要，结果却是我什么都得不到，包括你。你是我的梦里最沉重的东西，也是最轻浮的东西，而我却选择了拿它做我前途与命运的赌注，现在的我要主动退出这场游戏，因为我不希望成为你前进的包袄。我们都还有前方的路，我们都是活在20世纪的人。路途遥远，积极面对……

收藏起我对你细腻的感情，重新在心中做个约定：给我2年的时间，到时候如果还有缘分的话，我们还会走到一起的。

之所以选择等待，是因为不舍得。爱的另一面不是恨，而是遗忘。不舍得放弃，不舍得遗忘。我的一生会给你两次机会，高三那年，我们都使了，两年后是第二次。到时候，如果你还是选择单身的话，我还会继续等你，我会去读研，到时候还会选择等你，直到我已经筋疲力尽，失去这种能力，我才放手。

思念，沉痛的思念，如此地说不出口。

我与我的梦想约定，与我的未来约定，在我单薄的青春里，我执着约定着我的执着，坚持着我的坚持。

一路走来，我二十自省，我原来是一个并不坚强的女孩，并不坚强却要装作坚强的样子，我经常会情不自禁地后悔，后悔以前赌气的青春，后悔以前坚硬的棱角……可是，一切的一切都已经来不及了，唯有留下更加单薄的我，丢在那深深的黑洞里，疗伤……

再到醒过来时，我的心又有了些许的余温，我要拯救，拯救我丢失的灵魂。心灵的黑暗需要智慧来驱除。于是，我喜欢上了写作，我把它同样地当作艺术来看待。甚至于把它当作了我的孩子……

这一年来，我不停地写，某种程度上说，算是一种发泄，因为我有太多的敏感，太多的思维，太多的逻辑……但是真正写完了一些作品之后，我又觉得幼稚好笑，不是文笔的问题，可能是我没有把我心灵最深处的东西、最真实的东西写出来，没有真正意义上去放弃一些东西……比如说人性的自私，比如说女人的虚荣……

同时，想太多，给了我理智，另一方面也让我拥有了矛盾……

于是，我与青春约定，再给我一点点时间，我与北京完成这段姻缘：北京，你好。

本来打算今年暑假去武汉的，现在想来还是先稳定在北京比较好，在万众瞩目的2008，在首都北京见见世面，来北京1年了，原以自己文笔不错自居，这几天做兼职时，我才发现原来我说了好多年的普通话是那么不地道。来北京就要融入北京，熟悉北京，而对于一个新闻工作者来说，表达的规范性与逻辑的完整性，是其最基本的素质之一。所以今年暑假我要留京。只是现在想来，难为了我的父母，唉，辛辛苦苦培养了一双儿女，暑假大大的房子却空落得只有两个老人相濡以沫。难为你们了，我亲爱的爸爸妈妈，女儿会好好争气的。

不管遇到怎样的情况，我都不会放弃我的梦想，因为我是个坚强而勇敢的女孩。永不言弃，是我在北京立足的誓言。我不需要别人怎么样赞美我，也不过早地期待着我的恋爱，我的幸福，因为我坚信我会拥有的，只因为我足够优秀。等到我不会觉得自卑而无助的时候，我会主动地去寻求我的幸福，我永远都会主动的。主动地追随我的梦想，主动地寻觅我的灵魂伴侣。因为我是不一样的女孩。

我要好好地保养自己的皮肤，不管我以前有多么地不在乎，现在开始，我需要在意，我在意这些细微的细节，也许是为了将来的那个他，也许是……反正现在的我在意，在意这些细微的生活琐碎，因为我要打造我的品位……放下自负的包袱，坦然承认自己落后的起点……等我30岁的时候，我与自己约定，超越我熟悉的朋友，做个女人的榜样。我需要这个东西，也许……我会锻炼出好身材，因为只有我自己知道，当初我放弃学服装设计的真正原因，妈妈是个很棒的服装裁缝，她希望我能考北服的服装设计专业，但是我原来多么的幼稚，我因为自卑，自卑我自己的身材，自卑自己的相貌，现在的我后悔了，可是已经来不及了，谁也不能拨动时间的弦，让它倒回到以前，亡羊补牢、犹未晚矣的是我懂得了珍惜，珍惜现在的机会，有所成就。年轻的青春里，我允许自己幼稚地逃避，但是只有一次，我使了。现在的我必须坚强起来，我可以。丢掉自己放荡无羁的回忆，忘记自己叛逆邪恶的故事。

　　再就是我大一集子《大漠的泪》出版的事情，现在还没有一点眉目，现在也要尽快去办了，最近的我好像懒散了许多，成功人士的时间管理观念已经好久没有在我脑袋中盘旋了。我本意是不用它给我任何的经济回报，只是需要一个证明，证明有这么一个执着的姑娘，1年了，不断地在坚持着自己的梦想，一步一个脚印地坚持着自己漫长的旅途……

　　感谢这本集子，给了我发泄的地盘，给了我思考的空间，给了我自省的缝隙……现在的我需要做的是与我的集子来做个约定，在一个具体的时间，在今年夏天的 8 月底，我将它变成铅字，希望我会遵守这个约定。

坐在公交车上，听着好听的音乐，拍摄着沿途的风景，我就有写作记录的冲动，一边行走，一边记录，已经成为了我的一种习惯。仔细留意，原来每一个生活细节都是那么亲切，久违了，我的细腻的感觉。学艺术的时候，我走了一个极端，刚刚开始在艺术世界里看世界的时候，我却又追求一些完美的东西，但是就是这种心态让我拥有了欣赏静与美的能力，所以，我把写作当作艺术……我是一个辛苦的艺人……

我会在某年某月某日做出属于我自己的艺术作品来，这是我与艺术人生的约定。许多人会说，我在许多事情都是未知之前，成功还路途遥远的时候，我绝对不会透露出我的计划的，包括许多明星在接受记者采访的时候，好像也都是这么回答的。我会慢慢等待，让我的力量在黑暗里滋长膨胀，直到能托起我的梦想，自由地飞翔……我才会甘心……但是在《约定》里，我无法逃避，原谅我，我的"艺术人生"……

以后，我的大二，乃至更遥远的日子里，我还会有更多的约定，与他的约定，与未来的约定，与幸福的约定……我都期待着……我期待着成长。成长带给我的痛，我的伤，我的泪水，我的开心，我的回忆……以及所有这些年轻承载的种种美好……

PART 6
北京·夜未眠

拯救

　　至于为什么要用这个题名作为这篇杂感的题名，因为许多……许多许多的情不自禁让我卷入了"拯救"的旋涡。许多时候，我会喜欢这些看起来有些沉重的词汇，"拯救""回首""堕落""矛盾""难堪"……这种沉闷的字眼似乎不应该是一个20岁的小姑娘经常挂在嘴边的，但它们却真真切切地在我脑海中闪现。所以，我要拯救，拯救我回归的灵魂。

　　每个夜晚来临的时候，我就会平静许多，我疲倦的身体也似乎会跟着白日的阳光一起沉淀下来。我会在这样一个浪漫的时刻里深深地自省，回忆我一天的行程、得失……我会记起小六子的话：记得好好吃饭。再平常不过的一句话，却会让我温暖半天。让我更加坚信人靠信念支撑，奇迹因爱而存在。我也会忆起他的音容笑貌，他的那些平常的话，在漆黑的夜里，我会偶尔想一下，祭奠一下那些逝去了的歌，然后再开始写作、上网、学习……有人曾经说过，上帝既然给了我们光，我们再来浪费电是不对的。但是我好像是个极其贪婪的女人，我既喜欢白天，又喜欢黑夜。白天的阳光好明媚，夜晚的夜色好妩媚。我突然奢望自己是个不眠的女人，可以拥有白天又可以拥有黑夜。我希望我是《超市夜未眠》中的本·威利斯，我奢望我拥有这样凝固时光的能力，可惜我是个生活睡眠作息习惯正常的人。

选择是痛苦的。我以前之所以一直犹豫、彷徨就是因为我舍不得放弃一些东西，舍不得去作出一个果断的决定。我什么都想要，可是到头来我却是什么都得不到。人生的错误莫过于坚持了不该坚持的，放弃了不该放弃的。而人生最大的错误是连一个坚持与放弃的决定都没有做出选择。

有时候，我会喜欢跟有经历的朋友聊天，聊到情深处，不禁会抹两把眼泪，然后我会有冲动去拯救他，但是我又立即理智地控制住了这份冲动，因为我会立即在脑海中闪现：我拿什么拯救他，我的朋友。我自己似乎还在云里雾里，我拿什么去帮助别人呢？回到家里，我就会等待自己沉淀下来，仔细整理一下我杂乱的思绪：要救人，请先自救。首先我自己先完美起来，然后，我才有能量和说服力去拯救他人。

忘记了是从哪里看到了这样一句话：一个游戏怎样子开始象征着一个人的眼光，而一个游戏怎样子结束则象征着一个人的品位。我是绝对地赞同这句话的。因为我相信人的一切都是由思维来支撑的。我要改变现实的第一步应该是打造自我超前的思维：深远的谋略跟有品位的思想。

一个人的性格决定了一个人的命运，而一个人的习惯成就了一个人的性格，一个人的习惯又由一个人的行为组成，一个人的行为分散于生活中就是他的言谈举止、音容笑貌、一个人的风度与气质。细节，是细节决定了一个人的成败。大到生活作息，小到接人待物、与人相处，所有这些生活的琐碎都有待于我仔细地整理与思考……

学艺术的时候，我总是听到老师说一句话：不够整体或是不够严谨。其实，这就是一个问题的两个极端，像"对"与"错"、"是"与"非"一样，它们同样是一个矛盾的两个方面，整体是一方，而严谨也就是细节是另一方。如果把这两个方面处理好了，便是一幅优秀的作业。而对于我们人生而言，也似乎是一张白纸，自从我们呱呱落地的那一刻起，便开始往上面构图、起草、铺底色、上色调、找细节、深刻画，最终交给了这个世界一幅自己的作品。

今晚的我，不再彷徨。

错位

许多时候，我们产生了烦恼，其实多半是由于能力与理想在现实的空隙里产生了差距，也可以说，在某天某地某人的能力与理想错了位。这也算是给自己一个原谅自己的理由吧。

错了位的失败是遗憾的。因为他们的付出与收获并没有等价交换。从某种意义上说，他们应该抱怨，应该牢骚；但是，错了位的失败又是幸运的，因为他们还拥有王子变青蛙的能力。成功的因素有许多，比如说良好的自我管理能力、较强的环境适应能力、健康的体魄

谈到成功与失败，不免想谈谈平日里人们对于宿命与奋斗的争论。成功人士往往会自信地说，我相信奋斗与努力，那是我生命的全部。而在地球的反面，那些失败了的人，毕生忙碌却碌碌无为的人，则往往深沉曰：也许是我生命中布置了太多荆棘吧，那应接不暇的荆棘让

我捉襟见肘，难以应酬。而智者曰：人生不是一篇文摘，拒绝平淡，只接受精彩；人生不是一场彩排，做得不好，还可以从头再来。

所以，在我们处于不利的泥潭中时，没有必要去浪费生命，去争辩什么，因为所有人都明白，只是我们的能力与理想错了位而已，我们与成功只有一步之遥。俗语说，宝贝放错了地方便是垃圾。是的，我们的失败只是说明了我们的宝贝放错了地方而已。而那些所谓的偶然与差距，不应该让年轻人驻足彷徨。

治疗"脱臼"最好的办法，便是忍耐、等待，练好内功。忍耐、等待，在等待中咀嚼痛苦，品味艰辛……在点滴的力量中，融化了条件的苛刻，圆润了现实的棱角。而我们的能力却在悄无声息中水涨船高着，直到托起我们的梦想，把我们渡向成功的彼岸。

摘自青春 19 的日记《只有岁月才能读懂》

　　刚刚走过花季雨季的 19 岁的女孩，可谓少女已过，熟女未满，而她的日记相信只有岁月才能读懂吧。

　　冬有冬的来意，
　　寒冷像花，——
　　花有花香，冬有回忆一把。
　　一条枯枝影，青烟色的瘦细，
　　在午后的窗前拖过一笔画；
　　寒日里光淡了，渐斜……
　　就是那样地
　　像等待客人说话

我在静沉中默啜着茶

(林徽因 《静坐》)

读罢全诗，确实让人心一静。有人说，幸福就像蝴蝶，只有在你安静的时候，它才会降落到你的肩膀。是啊，林徽因女士几乎是所有女性都羡慕的幸福标本。

时间是最好的疗药，当年激动的心情无论多么激动，当年耀眼的光环无论多么光芒四射，也都会在时光的洗礼中褪色减弱。所以，我会坦然地面对自己的过去，正如普希金所言，一切都会过去，一切都是瞬息，而那过去了的就将成为永远的回忆。

我曾不断地剖析自己，却每次都给自己留有余地。因为我每次都在试图掩饰我的虚荣心，而不肯坦白内心深处的那份黑暗。我没有真正地放下过自私的包袱，不肯真正地祝福别人幸福。尽管在别人眼里，我做得是那么天衣无缝，不留痕迹。所以，我也不能从真正意义上品味到双赢战略的甘甜。因为在我对它形同虚设的同时，它也同样地对我不负责任。记住，饶恕与宽容不能够使我们损失什么，相反，忌妒与仇恨则是一把双刃剑，害人又害己啊！

生命不拒绝分享，在给予与被给予中，我体会到了快乐。载着所有人的期待和对自己的内疚，我来到了首都，在这里寻找我的梦想。至少我在尽力，这就是我一直以来的动力。现在我明白，仅有这些是不够的，因为在特定的环境里，胜者为王，结果对我们很重要。好好创造属于自己的一个奇迹，开辟属于自己的一番事业。

力学家钱伟长老人说，他因为干一行爱一行，所以才会如此博学，同时在涉及美国与中国关乎国家利益时，他能够坚持自己的原则，即"我是一个中国人"的底线。我很喜欢听老者的感言，不管是普普通通的老人，还是那些伟大的文学家、科学家。因为他们那里有时光的痕迹。某种程度上讲，沧桑是通过时光来计量的。也正是因为如此，才有了倚老卖老的传说。从比自己更优秀的人那里汲取营养，便是我的信仰。

有人这样说，包容是人生最大的美德。施以宽容是消除隔阂有力的手段，也是获得尊重的渠道。所以在我们遇到不可理喻的人时，不必为他们生气，因为生气的定义是：拿别人的错误来惩罚自己。那么我们该怎么办呢？虚怀若谷，方能容纳百川。

人的一生总要面临很多机遇，但是机遇总是有代价的，而有勇气迈出第一步就是人生的分水岭。那次竞选也许不是我的第一次，但是却是我印象最深的一次。因为我是在感性与理性之间用心灵在寻找适合自己的一个最佳支点。我要用这个支点，发挥自己的价值，让别人体会到我的存在。加油噢！是的，我要为自己加油，因为我的成功，只能由我自己把握。

心宽似海，静如水，明如月，坚似钢。

爱人是船，爱己是帆，只有彼此地推动与支撑，才能使爱心常在，爱意永驻。我们看到的是世界因爱而更加美好的风景线。

哲学家黑格尔说："一个有品格的人，即一个有理智的人。"没有人能够不瞄准便命中成功的靶心。瞄准，即使我们有一点点的偏失，但是至少比闭上眼睛盲目射击更接近靶心。所以青年的我们应该有目标，应该理智，平凡者优秀起来，天才承担起人类历史的使命。而不是重蹈"大学生者，不在无聊中变态，就在无聊中恋爱"的覆辙了。

心理学家证明，时间只有在我们心情不愉快的时候，才会过得慢下来。因为每个人都有懒惰与享乐的本能，所以我们即使从这方面讲，也不应该让自己空虚。许多时候，我们对生活抱什么态度，生活就对我们抱什么态度，我们的一切都是由我们的心态造成的。正确的心态造就了我们的成功，错误的心态则使我们坠入失败的深渊。

不要哄骗自己，认真去享受生活的乐趣，你便会发现生活的乐趣。做个纯粹的人很难，做个不好不坏的人才是正常的。而快乐是一种情绪，只有善于调节自己的人才会体会到它的快感。记住，快乐是你给自己的一份礼物，不仅圣诞节如此，一年365天天天如此。

梦幻与理想最大的区别是理想的可实现性，梦幻是轻巧的，而理想则是沉甸甸的，只有用艰苦的学习才能实现那来之不易的理想，规划一个蓝图，一个台阶一个台阶地上，因为自然发展的轨迹是九九八十一难，经历磨难。

我的大学梦想是：适应环境本身就是奋斗的一部分，所以我来东大的第一个想法就是稳定下来，适应这种由学生到社会人的蜕变。青年人，立大志，立长志，那个遥远的梦想总是让我们欢欣鼓舞，所以首先，我会严格要求自己，而不会让自己迷失了方向。相信命运，也相信努力，这几年在大学里尽最大可能汲取最丰富的智慧，塞满自己的行囊，带着过硬的专业与完美的人格，步入未卜的未来。

天行健，君子以自强不息；地势坤，君子以厚德载物。如果你感受到了别人在不喜欢你，那么你必须尽力去改变。我始终相信世界上的优秀人物会把世界上任何一个问题都解决好了。所谓天才就是曲径通幽，要让别人的信服经得住时间的考验，就得从心理上去说服别人。

十八九岁的年纪，大脑皮层不成熟，社会经验浅薄，许多不计后果的冲动会导致苦果。所以我不该也不会过早地去涉及不该属于我年龄段的东西。在商界有条职业道德，叫作等价交换，那么同样，如果老板付出薪水我们就必须专注工作。而我们年轻人呢？我们是否应该勇敢地去承担一些责任。社会养育了我们，我们就应该对社会负责任，即专心、专注于生命中的每一个阶段。也只有全神贯注的品质才会赐予我们水滴石穿的力量。今天，我很高兴，因为我从心理上说服了我自己。

后记　帘卷西风：爱是宿命

我曾经听过几句难以忘怀的情话，也都是同一个人跟我讲的。"我会等你，因为你从不食言。我答应你的我会回来，我就一定会回来，除非我死了。""如果来得太晚，就不用来了，所以我不能迟到。""今生没有希望，修来生，爱你是在劫难逃的宿命。"

那年，他28岁，已经成精，她21岁，还未成年。

这么多年了，我像是个扛着锄头满世界流浪的人，青春过得颠沛流离的。"衣带渐宽终不悔，为伊消得人憔悴""帘卷西风，人比黄花瘦"，至情至性之人，最终都成了瘦子。

9年了，我还是老样子。不变的容颜，不变的脸，不变的发型，不变的笑容，不变的气质，变了的只是年龄。像是有人说的，朴素是一种本能，真正的朴素和时尚并不冲突。也正如真正的幸福也一定伴随着痛苦一样。

爱，就是一场幻觉，一种宿命。爱，这是我们不可征服的灵魂。

这是我用沉重的青春代价换来的一个道理浅显的真理。

韩素因 MINNA

2015 年 3 月 29 日凌晨 1 点 18 分

丽江。大研

图书在版编目(CIP)数据

我们终将活在自己的年华里 / 韩素因著.—北京：中国华侨出版社,2015.10

ISBN 978-7-5113-5742-7

Ⅰ.①我… Ⅱ.①韩… Ⅲ.①散文集–中国–当代 Ⅳ.①I267

中国版本图书馆 CIP 数据核字(2015)第 255693 号

我们终将活在自己的年华里

著　　者	韩素因
责任编辑	文　蕾
责任校对	孙　丽
经　　销	新华书店
开　　本	670 毫米×960 毫米　1/16　印张/16　字数/201 千字
印　　刷	北京建泰印刷有限公司
版　　次	2016 年 2 月第 1 版　2016 年 2 月第 1 次印刷
书　　号	ISBN 978-7-5113-5742-7
定　　价	29.80 元

中国华侨出版社　北京市朝阳区静安里 26 号通成达大厦 3 层　邮编：100028
法律顾问：陈鹰律师事务所
编辑部：(010)64443056　64443979
发行部：(010)64443051　传真：(010)64439708
网址：www.oveaschin.com
E-mail：oveaschin@sina.com